HACKERS × EZ Japan

해커스 JLPT N2 한 권으로 합격

新日檢 JLPT N2 一本合格

N2必考單字文法記憶小冊

1日 | 文字・語彙

🔊 063 必考單字文法記憶小冊_1日.mp3

☑ 把背不起來的單字勾起來，時時複習！

漢字讀法

[須注意濁音半濁音的單字]

	讀音	單字	中文
☐	かんかく	間隔	名 間隔
☐	かんげき	感激	名 感激
☐	がんぼう	願望 '16	名 願望
☐	そんがい	損害 '15	名 損害、損失
☐	きかく	企画 '18	名 企劃
☐	きょうそう	競争	名 競爭
☐	へんきゃく	返却 '12	名 返還
☐	ぎょうじ	行事 '15	名 儀式、活動
☐	けいぞく	継続 '14	名 持續、繼續
☐	けんしょう	検証	名 驗證
☐	げんしょ	原書	名 原著
☐	げんしょう	減少	名 減少
☐	そうこ	倉庫	名 倉庫
☐	れいぞうこ	冷蔵庫	名 冰箱、冷藏室
☐	そうご	相互 '10	名 互相、相互
☐	れんごう	連合	名 聯合、聯盟
☐	さいど	再度 '18	名 再度
☐	こんざつ	混雑	名 混亂、擁擠
☐	げんしょう	現象 '15	名 現象
☐	しかく	資格	名 資格
☐	しせい	姿勢 '13	名 姿勢、態度
☐	しゅんかん	瞬間	名 瞬間
☐	しょうがい	障害	名 障礙
☐	しょうりゃく	省略 '15	名 省略
☐	ちゅうしょう	抽象 '12	名 抽象
☐	いじょう	異状	名 異狀
☐	かくじゅう	拡充 '13	名 擴充
☐	げんじょう	現状	名 現狀
☐	じゅみょう	寿命	名 壽命
☐	じょがい	除外	名 除外
☐	ほじゅう	補充	名 補充
☐	ようじん	用心 '14 '18	名 注意、留意
☐	こうすい	香水	名 香水
☐	こうずい	洪水	名 洪水
☐	とうせん	当選	名 當選
☐	すいせん	推薦	名 推薦
☐	せいさん	精算 '18	名 精算、細算
☐	とうぜん	当然	名 當然
☐	くうそう	空想	名 空想、假想
☐	げんそう	幻想	名 幻想
☐	げんぞう	現像	名 顯影
☐	ぞうき	臓器	名 內臟
☐	きょくたん	極端 '14	名 極端
☐	こうたい	交代 '12	名 交替
☐	こたい	個体	名 個體
☐	じたい	辞退 '12	名 辭退
☐	かくだい	拡大	名 擴大、放大
☐	こうだい	広大	名 廣大

	讀音	單字	中文
□	せいだい	盛大だ	な形 盛大
□	だつらく	脱落	名 脫落、脫離
□	そうとう	相当 '12	副 相當、相應
□	たいとう	対等	名 對等
□	どんかん	鈍感	名 遲鈍
□	りょうど	領土	名 領土
□	はへん	破片 '12 '18	名 碎片
□	はんだん	判断	名 判斷
□	げんば	現場	名 現場
□	さいばん	裁判	名 裁斷、判決
□	ひひょう	批評 '16	名 批評
□	ひれい	比例 '13	名 比例
□	けいび	警備 '18	名 警備
□	びょうどう	平等	名 平等
□	ほうし	奉仕	名 效力、服務、低價販賣
□	ぼうえき	貿易 '14	名 貿易
□	ぼうさい	防災 '10	名 防災
□	ぼうし	防止	名 防止
□	うんぱん	運搬	名 搬運
□	はんぷく	反復	名 反覆

[須注意長音和促音的單字]

	讀音	單字	中文
□	えいきゅう	永久 '17	名 永久
□	しきゅう	至急 '11	名 緊急
□	きょひ	拒否 '15	名 拒絕
□	きょり	距離 '15	名 距離
□	めんきょ	免許	名 執照、許可
□	きょうりょく	協力	名 協力
□	こしょう	故障	名 故障、障礙
□	こちょう	誇張	名 誇大
□	しょうこ	証拠	名 證據
□	こうしょう	交渉	名 交涉、往來
□	こうちょう	好調 '17	名 順遂、狀態好
□	じこう	事項	名 事項
□	とくしゅ	特殊 '19	名 特殊
□	じゅうなん	柔軟だ '15 '17	な形 柔軟、靈活
□	しょり	処理 '18	名 處理
□	けいしょう	軽傷 '19	名 輕傷
□	しょうじょう	症状 '16	名 症狀
□	しょうてん	焦点 '12	名 焦點
□	えんじょ	援助 '14	名 援助
□	さくじょ	削除 '12	名 刪除
□	じょこう	徐行	名 慢行
□	ちつじょ	秩序	名 秩序
□	ほじょ	補助	名 補助
□	じつじょう	実情	名 實情、真情
□	しゅつじょう	出場	名 出場、參賽
□	しんじょう	心情	名 心情
□	そうい	相違 '15	名 差異
□	そうち	装置 '12	名 裝置

2日 | 文字・語彙

🔊 064 必考單字文法記憶小冊_2日.mp3

☑ 把背不起來的單字勾起來，時時複習！

- □ 中継（ちゅうけい）'13　名 中繼、轉播
- □ 夢中（むちゅう）'12　名 入迷、夢中
- □ 著者（ちょしゃ）　名 作者
- □ 挑戦（ちょうせん）　名 挑戰
- □ 戸棚（とだな）　名 櫥櫃
- □ 見当（けんとう）'13　名 方位、預想
- □ 逃亡（とうぼう）'13　名 逃亡
- □ 病棟（びょうとう）　名 病房建築
- □ 負担（ふたん）'19　名 負擔
- □ 豊富（ほうふ）'11 '17　名 豐富
- □ 開封（かいふう）　名 拆封
- □ 工夫（くふう）　名 費心思、設法
- □ 保護（ほご）　名 保護
- □ 情報（じょうほう）　名 情報、資訊
- □ 模様（もよう）　名 圖樣、樣子、過程
- □ 消耗（しょうもう）　名 消耗
- □ 快癒（かいゆ）　名 痊癒
- □ 経由（けいゆ）　名 經過
- □ 油断（ゆだん）'15 '19　名 大意
- □ 勧誘（かんゆう）'13　名 勸誘
- □ 有益（ゆうえき）　名 有益
- □ 有名（ゆうめい）　名 有名
- □ 有力（ゆうりょく）　名 有力、有希望
- □ 誘惑（ゆうわく）　名 誘惑
- □ 歌謡（かよう）　名 歌謠
- □ 幼稚（ようち）'14　名 幼稚
- □ 圧勝（あっしょう）'14　名 壓倒性勝利
- □ 圧倒（あっとう）'19　名 勝過、壓制
- □ 活気（かっき）'11　名 活力
- □ 格好（かっこう）'13　名 外觀、裝束
- □ 勝手だ（かってだ）'10 '17　な形 任意、方便
- □ 学館（がっかん）　名 學舍
- □ 吉兆（きっちょう）　名 吉兆
- □ 早速（さっそく）　副 立刻
- □ 実行（じっこう）　名 執行
- □ 撤退（てったい）　名 撤退
- □ 徹底（てってい）　名 徹底
- □ 発揮（はっき）'10 '18　名 發揮
- □ 密接（みっせつ）'11　名 密切、緊密
- □ 密閉（みっぺい）'17　名 密閉

[單字中具有兩種讀音的漢字]

- □ 下線（かせん）　名 底線
- □ 下旬（げじゅん）'19　名 下旬
- □ 勉強（べんきょう）　名 讀書、學習
- □ 強引だ（ごういんだ）　な形 強制
- □ 言動（げんどう）　名 言行
- □ 遺言（ゆいごん）　名 遺言
- □ 作用（さよう）　名 作用
- □ 制作（せいさく）　名 製作

- □ 示唆（しさ） 名 暗示、啟發
- □ 提示（ていじ） 名 提出
- □ 正直（しょうじき） 副 正直、誠實
- □ 垂直（すいちょく） '17 名 垂直
- □ 率直だ（そっちょくだ） '11 な形 率直
- □ 直接（ちょくせつ） '16 名 直接
- □ 執筆（しっぴつ） 名 執筆、寫作
- □ 執着（しゅうちゃく） 名 執著
- □ 厳重だ（げんじゅうだ） な形 嚴厲、莊嚴
- □ 重量（じゅうりょう） 名 重量
- □ 貴重だ（きちょうだ） '16 な形 貴重
- □ 尊重（そんちょう） '10 名 尊重
- □ 求人（きゅうじん） '17 名 徵才
- □ 役人（やくにん） 名 官員、公務員
- □ 治療（ちりょう） '10 '16 名 治療
- □ 政治（せいじ） 名 政治
- □ 推定（すいてい） 名 推定、假定
- □ 勘定（かんじょう） 名 計算、付帳
- □ 模型（もけい） 名 模型
- □ 模索（もさく） 名 摸索
- □ 模範（もはん） '13 名 模範、模型
- □ 規模（きぼ） '10 名 規模

[單字中含有相同的漢字]

- □ 解散（かいさん） '13 名 解散
- □ 解消（かいしょう） '11 名 解除
- □ 災害（さいがい） 名 災害
- □ 損害（そんがい） '15 名 損害
- □ 被害（ひがい） 名 受害、受災
- □ 妨害（ぼうがい） 名 妨礙
- □ 要求（ようきゅう） '11 名 要求、需求
- □ 欲求（よっきゅう） 名 欲求、欲望
- □ 経費（けいひ） 名 經費
- □ 経理（けいり） 名 會計、治理
- □ 過激だ（かげきだ） な形 激進、過度
- □ 刺激（しげき） '19 名 刺激
- □ 簡潔だ（かんけつだ） '16 な形 簡潔
- □ 清潔（せいけつ） '13 名 清潔
- □ 構想（こうそう） 名 構想
- □ 構造（こうぞう） 名 構造、結構
- □ 偶然（ぐうぜん） '14 '19 副 偶然
- □ 突然（とつぜん） '11 副 突然
- □ 調整（ちょうせい） 名 調整、協調
- □ 調節（ちょうせつ） '11 名 調節
- □ 優秀だ（ゆうしゅうだ） '11 な形 優秀
- □ 優勝（ゆうしょう） 名 優勝
- □ 容器（ようき） 名 容器
- □ 容姿（ようし） '16 名 樣貌
- □ 利益（りえき） '11 名 利潤、得利
- □ 利口（りこう） '18 名 機靈、乖巧

3日 | 文字・語彙

065 必考單字文法記憶小冊_3日.mp3

☑ 把背不起來的單字勾起來，時時複習！

[漢字讀法中常出題的名詞]

	讀音	單字	意思
☐	あし	脚	名 腳
☐	あたま	頭	名 頭
☐	いき	息	名 呼吸
☐	かお	顔	名 臉
☐	かた	肩 '12	名 肩
☐	けいろ	毛色	名 髮色、毛色
☐	こし	腰	名 腰
☐	せき	咳	名 咳嗽
☐	はだ	肌	名 肌膚
☐	はね	羽	名 羽毛、翅膀
☐	ひざ	膝	名 膝
☐	ひじ	肘	名 肘
☐	ほね	骨	名 骨
☐	むね	胸	名 胸
☐	あな	穴	名 孔洞
☐	うら	裏	名 背面、反面、後面
☐	おもて	表	名 正面、前面
☐	すみ	隅	名 角落
☐	となり	隣 '10	名 隔壁
☐	はば	幅	名 寬度、幅度
☐	いわ	岩	名 岩石
☐	うみ	海	名 海
☐	けしき	景色 '10	名 景色
☐	さか	坂	名 坡道

	讀音	單字	意思
☐	すな	砂	名 砂
☐	そら	空	名 天空
☐	たね	種	名 種子
☐	たはた	田畑	名 田野
☐	どろ	泥	名 泥
☐	なみ	波	名 波浪
☐	はす	蓮	名 蓮花
☐	よのなか	世の中 '13	名 世界上
☐	あいず	合図 '14	名 信號、暗號
☐	かおり	香り	名 香氣
☐	さかい	境	名 境界
☐	たび	旅	名 旅行
☐	はた	旗	名 旗
☐	まいご	迷子	名 迷路
☐	みやこ	都	名 首都、都市
☐	むかし	昔	名 往昔
☐	まる	丸	名 圓
☐	おおはば	大幅 '14	名 大幅
☐	こがた	小型	名 小型
☐	なかば	半ば	名 中央、中途
☐	あたりまえ	当たり前	名 當然
☐	いきおい	勢い '12	名 氣勢、趨勢
☐	いまさら	今更	副 事到如今、現在才
☐	くせ	癖	名 習慣、傾向
☐	つみ	罪	名 罪

	讀音	單字	詞性・中文
☐	はじ	恥	名 恥辱
☐	うわさ	噂	名 傳聞
☐	けむり	煙	名 煙
☐	こな	粉	名 粉
☐	しる	汁	名 湯汁、汁液
☐	たば	束	名 束
☐	つよび	強火 '17	名 大火
☐	なかみ	中身	名 內容物、本質
☐	はし	箸	名 筷子
☐	ふた	蓋	名 蓋子
☐	ゆげ	湯気	名 水蒸氣
☐	じもと	地元 '11 '18	名 當地
☐	ほんば	本場	名 原產地、主產地
☐	あいま	合間	名 間隔、空間
☐	おおや	大家	名 房東、屋主
☐	かぎ	鍵	名 鑰匙
☐	さかみち	坂道	名 坡道
☐	ざんだか	残高	名 餘額
☐	はり	針 '12	名 針

[漢字讀法中常出題的動詞①]

	讀音	單字	詞性・中文
☐	あつか	扱う '12	動 操作、處置、對待
☐	あらそ	争う '15	動 競爭、爭執
☐	いわ	祝う '11	動 慶祝、祝福
☐	うしな	失う	動 失去、錯失
☐	うやま	敬う	動 尊敬
☐	うらな	占う '11	動 占卜
☐	おお	覆う '17	動 覆蓋、遮蓋
☐	おぎな	補う '11	動 補足、補償
☐	かな	叶う '11	動 實現
☐	きそ	競う '16	動 競爭
☐	したが	従う '17	動 遵從、遵循
☐	すく	救う '17	動 救助、拯救
☐	たたか	戦う	動 爭鬥、戰鬥
☐	ととの	整う	動 齊備、完整
☐	ともな	伴う '16	動 陪伴
☐	にな	担う	動 擔負
☐	ねが	願う	動 祈求、請求
☐	はら	払う	動 去除、驅趕、支付
☐	やしな	養う '18	動 養育、療養
☐	やと	雇う	動 雇用、借用
☐	あた	与える '11	動 給予
☐	おし	教える	動 教導、告知
☐	かか	抱える '12 '17	動 抱、承擔
☐	かぞ	数える	動 計數、列舉
☐	かんが	考える	動 思考
☐	ささ	支える	動 支持、支撐
☐	そな	備える '10	動 準備、具備
☐	たくわ	蓄える '14	動 積蓄
☐	ととの	整える	動 整頓、準備

文字・語彙

☑ 把背不起來的單字勾起來，時時複習！

☐	震える（ふる）	動 震動、顫抖
☐	吼える（ほ）	動 吼叫
☐	迎える（むか）'18	動 迎接
☐	焦げる（こ）'16	動 燒焦
☐	下げる（さ）	動 垂掛、降低
☐	妨げる（さまた）	動 妨礙
☐	仕上げる（し あ）'12	動 完成
☐	抱く（いだ）	動 環抱、抱持
☐	描く（えが）	動 描繪、描寫
☐	驚く（おどろ）'15	動 驚嚇、驚訝
☐	輝く（かがや）	動 閃耀
☐	傾く（かたむ）'13	動 傾斜、衰落
☐	乾く（かわ）	動 乾燥
☐	効く（き）	動 有效、發揮功能
☐	叩く（たた）	動 敲打、拍打
☐	嘆く（なげ）	動 悲嘆、感嘆
☐	除く（のぞ）'14	動 去除、排除
☐	省く（はぶ）'18	動 省略、節省
☐	開く（ひら）	動 打開、開業
☐	隠す（かく）'13	動 隱藏
☐	越す（こ）	動 跨越、超越
☐	耕す（たがや）	動 耕種
☐	浸す（ひた）	動 浸泡
☐	見逃す（み のが）'19	動 錯過、寬恕
☐	戻す（もど）'14	動 復原
☐	催す（もよお）'16	動 舉辦、引起
☐	汚す（よご）	動 弄髒
☐	止す（よ）	動 中止
☐	略す（りゃく）'12'17	動 省略
☐	転ぶ（ころ）	動 滾動、跌倒
☐	叫ぶ（さけ）	動 喊叫
☐	学ぶ（まな）	動 學習、模仿
☐	結ぶ（むす）	動 打結、結交

[漢字讀法中常出題的動詞②]

☐	傷む（いた）'14	動 痛、受損
☐	恨む（うら）	動 怨恨、抱怨
☐	囲む（かこ）'15	動 圍繞
☐	噛む（か）	動 咬
☐	絡む（から）	動 纏繞、糾纏、牽扯
☐	悔む（くや）	動 後悔
☐	頼む（たの）	動 委託、請求
☐	積む（つ）'13	動 堆疊、累積
☐	憎む（にく）'15'19	動 憎恨
☐	恵む（めぐ）'15	動 施捨、救濟
☐	暖める（あたた）	動 加熱
☐	薄める（うす）	動 稀釋
☐	納める（おさ）'16	動 繳納、收下、結束
☐	固める（かた）	動 使固化、鞏固
☐	極める（きわ）	動 達到極致

□	定(さだ)める '19	動 決定、制定、穩定
□	覚(さ)める	動 醒、清醒
□	占(し)める '12	動 佔據
□	攻(せ)める	動 攻擊、態度積極
□	責(せ)める '13	動 責備、催促
□	染(そ)める	動 染色
□	努(つと)める '13	動 盡力
□	眺(なが)める	動 眺望、凝視
□	含(ふく)める '10 '15	動 包含、說明
□	褒(ほ)める	動 稱讚
□	認(みと)める	動 看見、認可
□	焦(あせ)る '10	動 焦急
□	怒(いか)る '17	動 憤怒
□	祈(いの)る	動 祈禱
□	映(うつ)る '19	動 映出、顯現
□	劣(おと)る '14 '16	動 次於、比不上
□	削(けず)る '13	動 削、削減
□	凍(こお)る '17	動 凝結、冷
□	探(さぐ)る	動 摸索、探求
□	縛(しば)る	動 細綁、束縛
□	絞(しぼ)る '17	動 擰、榨、剝削
□	湿(しめ)る '18	動 濕
□	迫(せま)る '11	動 逼近、接近
□	頼(たよ)る '10	動 依靠
□	握(にぎ)る '17	動 握、掌握

□	光(ひか)る	動 發光、出眾
□	破(やぶ)る '17	動 破壞、突破
□	憧(あこが)れる '19	動 憧憬
□	溢(あふ)れる	動 溢出、滿溢
□	荒(あ)れる	動 氣候惡化、荒廢、粗魯
□	恐(おそ)れる	動 害怕
□	訪(おとず)れる '12	動 拜訪、到來
□	隠(かく)れる	動 隱藏
□	枯(か)れる	動 乾枯、成熟
□	崩(くず)れる	動 倒塌、變形
□	壊(こわ)れる	動 毀壞、故障
□	優(すぐ)れる	動 優秀
□	倒(たお)れる	動 倒塌、病倒
□	潰(つぶ)れる	動 壓壞、破產、被破壞
□	外(はず)れる	動 脫離、落空、偏離
□	離(はな)れる '18	動 遠離、相隔
□	触(ふ)れる '10	動 碰觸、觸及
□	乱(みだ)れる '10 '17	動 亂
□	破(やぶ)れる '14	動 破裂、被破壞
□	敗(やぶ)れる '11	動 敗北
□	汚(よご)れる	動 髒、弄髒
□	別(わか)れる	動 別離、分手

[漢字讀法中常出題的い・な形容詞]

□	粗(あら)い	い形 粗、粗糙

文字・語彙

5日 | 文字・語彙

067 必考單字文法記憶小冊_5日.mp3

☑ 把背不起來的單字勾起來，時時複習！

□	淡い	あわ	い形 清淡、些微
□	偉い	えら	い形 偉大、非常
□	幼い '17	おさな	い形 幼小
□	辛い '10	から	い形 辣、鹹、嚴格
□	可愛い	かわい	い形 可愛、惹人憐愛
□	清い	きよ	い形 清澈、清廉
□	怖い '18	こわ	い形 恐怖
□	渋い	しぶ	い形 澀的、古樸的
□	狡い	ずる	い形 狡猾
□	鋭い '15	するど	い形 銳利、敏銳、強烈
□	高い	たか	い形 高、昂貴
□	名高い	なだか	い形 著名
□	苦い	にが	い形 苦、痛苦
□	憎い '15	にく	い形 可恨
□	鈍い '18	にぶ	い形 鈍、遲鈍
□	酷い	ひど	い形 殘酷、極度
□	深い	ふか	い形 深、程度大
□	古い	ふる	い形 老舊
□	分厚い	ぶあつ	い形 厚
□	醜い	みにく	い形 醜陋
□	弱い	よわ	い形 弱、程度小
□	若い	わか	い形 年輕、幼小
□	悪い	わる	い形 差勁、不好
□	怪しい '16	あや	い形 怪異、可疑
□	嬉しい	うれ	い形 開心
□	可笑しい	おか	い形 可笑、怪異、可疑
□	恐ろしい	おそ	い形 可怕、驚人
□	大人しい	おとな	い形 順從、老實、沉著
□	重々しい	おもおも	い形 莊重、沉重
□	悲しい	かな	い形 悲傷
□	厳しい	きび	い形 嚴厲、緊迫、艱困
□	悔しい '14	くや	い形 遺憾、後悔
□	詳しい '14	くわ	い形 詳盡
□	険しい	けわ	い形 陡、危險、嚴厲
□	寂しい	さび	い形 寂寞、空虛
□	親しい	した	い形 親密、熟悉
□	図々しい	ずうずう	い形 厚顏無恥
□	騒々しい '14	そうぞう	い形 騷亂
□	逞しい '15	たくま	い形 強壯、旺盛
□	乏しい '12 '15	とぼ	い形 缺乏
□	馬鹿馬鹿しい	ばかばか	い形 無意義、荒謬
□	激しい '11	はげ	い形 激烈、強烈
□	貧しい	まず	い形 貧困、貧乏
□	眩しい	まぶ	い形 耀眼
□	空しい	むな	い形 空虛、徒勞
□	目覚しい	めざま	い形 驚人
□	珍しい	めずら	い形 稀奇
□	喧しい '14	やかま	い形 吵鬧、繁雜
□	優しい	やさ	い形 溫柔、溫和
□	弱弱しい	よわよわ	い形 虛弱

	讀音	單字	意思
□	わかわか	若々しい	い形 年輕
□	あつ	厚かましい	い形 厚顏無恥
□	いさ	勇ましい '19	い形 勇敢、大膽
□	うらや	羨ましい	い形 羨慕
□	のぞ	望ましい	い形 期望
□	あざ	鮮やかだ '15	な形 鮮明、精湛
□	おだ	穏やかだ '17	な形 安穩、沉著
□	ささ	細やかだ	な形 規模小、簡單
□	さわ	爽やかだ	な形 清爽、嘹亮
□	なご	和やかだ '18	な形 溫和
□	にぎ	賑やかだ	な形 熱鬧

漢字書寫

[相似的漢字 ①]

	讀音	單字	意思
□	うんちん	運賃 '10	名 票價、運費
□	やちん	家賃	名 房租
□	かしま	貸間	名 出租的房間
□	かしや	貸家	名 出租的屋子
□	えんじょ	援助 '14	名 援助
□	きゅうえん	救援	名 救援
□	あたた	暖かい	い形 溫暖
□	だんぼう	暖房	名 暖氣
□	ゆる	緩い	い形 和緩、鬆弛
□	かんわ	緩和	名 緩和
□	じょげん	助言	名 忠告、建議
□	じょしゅ	助手	名 助手
□	くみあい	組合	名 公會、同夥
□	そしき	組織 '12	名 組織
□	せんぞ	先祖	名 祖先
□	そふ	祖父	名 祖父
□	しさつ	視察	名 視察
□	しや	視野 '11	名 視野
□	かたむ	傾き	名 傾斜、傾向
□	けいこう	傾向	名 傾向
□	こうもく	項目	名 項目
□	じこう	事項	名 事項
□	てごろ	手頃	名 合適
□	としごろ	年頃	名 年齡
□	く	暮らす '10	動 生活
□	く	暮れ	名 日暮、季末
□	した	慕う	動 思慕
□	ついぼ	追慕	名 追思
□	おうぼ	応募	名 應徵、報名
□	こうぼ	公募	名 公開募集
□	ぎむ	義務	名 義務
□	しゅぎ	主義	名 主義
□	ぎしき	儀式	名 儀式
□	れいぎ	礼儀 '10	名 禮儀
□	いぎ	異議	名 異議
□	ぎけつ	議決	名 議決

6日 | 文字・語彙

068 必考單字文法記憶小冊_6日.mp3

☑ 把背不起來的單字勾起來，時時複習！

- □ 気象（きしょう）　名 氣象
- □ 対象（たいしょう）　名 對象
- □ 映像（えいぞう）　名 影像
- □ 仏像（ぶつぞう）　名 佛像
- □ 象徴（しょうちょう）'11　名 象徵
- □ 特徴（とくちょう）　名 特徵
- □ 微妙だ（びみょう）　な形 微妙
- □ 微笑む（ほほえ）　動 微笑
- □ 作製（さくせい）　名 製作
- □ 製造（せいぞう）'16　名 製造
- □ 制限（せいげん）　名 限制
- □ 制度（せいど）　名 制度
- □ 登校（とうこう）　名 上學
- □ 登録（とうろく）'11　名 登錄、登記
- □ 回答（かいとう）　名 回答
- □ 答案（とうあん）　名 答案
- □ 豊富（ほうふ）'11'17　名 豐富
- □ 豊かだ（ゆた）'18　な形 富饒
- □ 付録（ふろく）　名 附錄
- □ 録音（ろくおん）　名 錄音
- □ 緑陰（りょくいん）　名 綠蔭
- □ 緑地（りょくち）　名 綠地
- □ 証明（しょうめい）　名 證明
- □ 保証（ほしょう）'16　名 保證
- □ 正解（せいかい）　名 正確答案
- □ 訂正（ていせい）'14　名 訂正
- □ 招く（まね）'16　動 邀請、招手
- □ 招待（しょうたい）'13　名 邀請
- □ 召し上がる（めあ）　動 吃（敬語）
- □ 召す（め）　動 召見
- □ 催し（もよお）'16　名 集會、活動
- □ 催促（さいそく）'13　名 催促
- □ 推薦（すいせん）　名 推薦
- □ 推定（すいてい）　名 推定

[相似的漢字 ②]

- □ 腕（うで）'15　名 手臂
- □ 腕前（うでまえ）　名 能力、技藝
- □ 腹（はら）　名 腹
- □ 空腹（くうふく）　名 空腹
- □ 胸（むね）　名 胸
- □ 胸部（きょうぶ）　名 胸部
- □ 寄付（きふ）'13　名 捐贈
- □ 年寄り（としよ）　名 老人
- □ 奇数（きすう）　名 奇數
- □ 奇妙だ（きみょう）'12　な形 奇妙
- □ 距離（きょり）'15　名 距離
- □ 遠距離（えんきょり）　名 遠距離
- □ 拒絶（きょぜつ）　名 拒絕
- □ 拒否（きょひ）'15　名 拒絕

	讀音	單字	中譯
□	きゅうこう	休講	名 停課
□	こうぎ	講義 '13	名 課程
□	けっこう	結構だ	な形 出色、良好
□	こうせい	構成	名 構成、構造
□	かいせい	快晴	名 晴朗
□	こころよ	快い '13 '16	い形 愉快、爽快
□	けつい	決意	名 決心
□	けっこう	決行	名 堅決進行
□	じゅんい	順位	名 順序
□	じゅんちょう	順調 '15 '16	名 順利
□	かくん	家訓	名 家訓
□	くんれん	訓練	名 訓練
□	こうぎ	抗議	名 抗議
□	ていこう	抵抗 '12	名 抵抗
□	こうかい	航海	名 航海
□	こうくう	航空	名 航空
□	とうぎ	討議	名 討論
□	とうろん	討論 '11 '17	名 討論
□	かいけい	会計	名 結帳、會計
□	せっけい	設計	名 設計
□	ひろ	拾う '14	動 撿拾、選取
□	しゅうとく	拾得	名 拾獲
□	かくさん	拡散	名 擴散
□	かくじゅう	拡充 '13	名 擴充
□	しはら	支払う	動 支付

	讀音	單字	中譯
□	はら こ	払い込む	動 繳納、支付
□	げんばく	原爆	名 原爆
□	ばくだん	爆弾	名 炸彈
□	あば	暴れる	動 鬧、胡鬧
□	らんぼう	乱暴	名 粗暴
□	ひかく	比較	名 比較
□	ひりつ	比率	名 比率
□	ひはん	批判 '14	名 批判
□	ひひょう	批評 '16	名 批評
□	ひょうばん	評判 '10	名 評價、名聲
□	ひょうろん	評論	名 評論
□	びょうどう	平等	名 平等
□	ふへい	不平 '17	名 不滿
□	こうふく	幸福	名 幸福
□	ふくし	福祉	名 福祉
□	ふくぎょう	副業	名 副業
□	ふくし	副詞	名 副詞
□	たいめん	対面	名 面對面
□	めんせき	面積	名 面積
□	きかく	企画 '18	名 企劃
□	くかく	区画	名 分區
□	とうさん	倒産	名 倒閉、破產
□	めんどう	面倒だ '14 '19	な形 麻煩
□	とうたつ	到達	名 到達
□	とうちゃく	到着	名 抵達

☑ 把背不起來的單字勾起來，時時複習！

☐	たいよう	太陽	名	太陽
☐	ようき	陽気だ '19	な形	開朗、有朝氣
☐	あ	揚げる	動	油炸、舉高
☐	ふよう	浮揚	名	漂浮

[相似的漢字 ③]

☐	あいつ	相次ぐ '10	動	陸續
☐	もくじ	目次	名	目次
☐	けつじょ	欠如	名	欠缺
☐	けつぼう	欠乏	名	缺乏
☐	かいてき	快適だ	な形	舒適
☐	てきど	適度 '12	名	適度
☐	つま	摘む	動	捏
☐	してき	指摘 '15	名	指出錯誤
☐	しずく	滴	名	水滴
☐	すいてき	水滴	名	水滴
☐	すてき	素敵だ	な形	極好
☐	ひってき	匹敵	名	匹敵
☐	かんそく	観測	名	觀測
☐	すいそく	推測	名	推測
☐	きそく	規則	名	規則
☐	げんそく	原則	名	原則
☐	そくめん	側面	名	側面、一面
☐	りょうがわ	両側	名	兩側
☐	がいかん	外観	名	外觀

☐	きゃっかん	客観	名	客觀
☐	きけん	棄権	名	棄權
☐	とっけん	特権	名	特權
☐	かんこく	勧告	名	勸告
☐	かんゆう	勧誘 '13	名	勸誘
☐	くず	崩れる	動	崩潰、失去平衡
☐	ほうかい	崩壊	名	崩壞
☐	えんがん	沿岸	名	沿岸
☐	かいがん	海岸	名	海岸
☐	けんさ	検査	名	檢查
☐	けんじ	検事	名	檢察官
☐	ぼうけん	冒険	名	冒險
☐	ほけん	保険	名	保險
☐	ざいせき	在籍 '17	名	登錄於學校或團體
☐	たいざい	滞在	名	停留、居留
☐	いぞん	依存	名	依存、依賴
☐	ほぞん	保存 '18	名	保存
☐	しょうひ	消費	名	消費
☐	しょうぼう	消防	名	消防
☐	さくげん	削減	名	削減
☐	さくじょ	削除 '12	名	消除
☐	おさな	幼い '17	い形	年幼
☐	ようじ	幼児	名	幼兒
☐	ぞうか	増加	名	增加
☐	ついか	追加 '12	名	追加

	讀音	單字	詞性	中文
□	こうせき	功績	名	功績
□	せいこう	成功	名	成功
□	そうぞう	想像	名	想像
□	りそう	理想	名	理想
□	がいしょう	外相	名	外交部長
□	すもう	相撲	名	相撲
□	たいほ	逮捕	名	逮捕
□	ほかく	捕獲	名	捕獲
□	ほきゅう	補給	名	補給
□	ほじゅう	補充	名	補充
□	きんこう	近郊	名	近郊
□	こうがい	郊外	名	郊外
□	こうりつ	効率	名	效率
□	ゆうこう	有効 '10	名	有效
□	はんだん	判断	名	判斷
□	ゆだん	油断 '15 '19	名	大意
□	あとつ	跡継ぎ	名	繼承
□	うつ	受け継ぐ	動	繼承
□	ゆしゅつ	輸出	名	出口
□	ゆにゅう	輸入	名	進口
□	ゆえつ	愉悦	名	愉悅
□	ゆかい	愉快 '16	名	愉快
□	ころ	転ぶ	動	滾動、跌倒
□	てんきん	転勤 '19	名	調職
□	けいしょう	軽傷 '19	名	輕傷
□	てがる	手軽だ '14	な形	簡單、輕易

[含有發音相同或相近漢字的單字]

	讀音	單字	詞性	中文
□	えんぎ	演技 '19	名	演技
□	えんしゅつ	演出	名	表演、演出
□	えんげい	園芸	名	園藝
□	でんえん	田園	名	田園
□	こうし	講師 '15	名	講師
□	ぼくし	牧師	名	牧師
□	しんし	紳士	名	紳士
□	ぶし	武士	名	武士
□	こんなん	困難	名	困難
□	ひんこん	貧困	名	貧困
□	こんけつ	混血	名	混血
□	こんらん	混乱 '15	名	混亂
□	いんえい	陰影	名	陰影
□	さつえい	撮影 '10 '12	名	攝影
□	えいが	映画	名	電影
□	えいしゃ	映写	名	放映
□	えいぎょう	営業	名	營業
□	けいえい	経営	名	經營
□	えいよう	栄養	名	營養
□	はんえい	繁栄	名	繁榮
□	しゅっせ	出世 '10	名	成功、發跡
□	せいき	世紀	名	世紀

8日 | 文字・語彙

070 必考單字文法記憶小冊_8日.mp3

☑ 把背不起來的單字勾起來，時時複習！

	讀音	單字	詞性	中文
□	せいせき	成績	名	成績
□	せいちょう	成長 '12	名	成長
□	けんどう	剣道	名	劍道
□	しんけん	真剣だ '13	な形	認真
□	けんこう	健康	名	健康
□	ほけん	保健	名	保健
□	けんとう	検討	名	考慮
□	てんけん	点検 '18	名	檢查
□	けんじん	賢人	名	賢人
□	けんめい	賢明だ	な形	賢明
□	かいぞう	改造	名	改造
□	せいぞう	製造 '16	名	製造
□	ぞうげん	増減	名	增減
□	ぞうだい	増大	名	增大
□	せつぞく	接続 '14	名	連接、串接
□	れんぞく	連続	名	連續
□	きんぞく	金属	名	金屬
□	しょぞく	所属	名	隸屬、歸屬
□	おんせつ	音節	名	音節
□	せつやく	節約 '17	名	節約
□	せっかい	切開	名	切開
□	てきせつ	適切だ	な形	適當
□	そくい	即位	名	即位
□	そくざ	即座に '13 '19	副	立刻
□	そくたつ	速達	名	快遞、快速抵達
□	そくりょく	速力	名	速度
□	さんしょう	参照 '16	名	參照
□	たいしょう	対照	名	對照、對比
□	いんしょう	印象	名	印象
□	たいしょう	対象	名	對象
□	たいしょう	対称	名	對稱
□	めいしょう	名称	名	名稱
□	ちあん	治安	名	治安
□	ちりょう	治療 '10 '16	名	治療
□	ちせい	知性	名	知性
□	みち	未知	名	未知
□	ほしょう	保証 '16	名	保證
□	ほしょう	保障	名	保障
□	ほきょう	補強	名	補強
□	ほじょ	補助	名	補助
□	かいしゅう	回収	名	回收
□	りょうしゅうしょ	領収書 '17	名	收據
□	しゅうぎょう	就業	名	開始工作
□	しゅうにん	就任	名	上任
□	かんじょう	感情	名	感情
□	くじょう	苦情 '17	名	抱怨、投訴
□	じょうし	上司	名	上司
□	じょうしょう	上昇 '10	名	上升

[包括字義相近或相反的漢字①]

□	あせ	汗	名 汗
□	あせ	汗かき	名 出汗、易出汗的人
□	あわ	泡	名 泡沫
□	きほう	気泡	名 氣泡
□	しめ	湿っぽい '14	い形 濕
□	しっけ	湿気	名 濕氣
□	あば	暴れる	動 鬧、胡鬧
□	ばくろ	暴露	名 曝光、曝露
□	さわ	騒ぐ	動 吵鬧、騷動
□	そうおん	騒音	名 噪音
□	あら	荒い '17	い形 粗暴、兇猛
□	あ	荒れる	動 粗魯、混亂
□	みだ	乱れる '10 '17	動 亂、紊亂
□	ないらん	内乱	名 內亂
□	やぶ	破れる '14	動 破裂、被打破
□	はかい	破壊	名 破壞
□	うす	薄い	い形 薄、淡
□	はくじゃく	薄弱だ	な形 薄弱
□	こ	濃い '19	い形 濃、深
□	のうど	濃度	名 濃度
□	えんぎ	演技 '19	名 演技
□	ぎじゅつ	技術 '18	名 技術
□	えんげき	演劇	名 戲劇
□	きげき	喜劇	名 喜劇

□	かいえん	開演	名 開演
□	しゅえん	主演	名 主演
□	かいこう	開講	名 開始上課
□	こうどう	講堂	名 禮堂
□	かいさい	開催 '10	名 舉辦
□	さいそく	催促 '13	名 催促
□	かいじょう	開場	名 開場
□	しきじょう	式場	名 儀式會場
□	しょうり	勝利	名 勝利
□	ゆうり	有利だ '17	な形 有利
□	え	得る '12	動 獲得
□	そんとく	損得	名 損益
□	がい	害する '19	動 損害、妨害
□	はくがい	迫害	名 迫害
□	そん	損する	動 損失
□	そんしつ	損失	名 損失
□	つみ	罪する	動 治罪、處罰
□	はんざい	犯罪	名 犯罪
□	どく	毒する	動 毒害
□	しょうどく	消毒	名 消毒
□	げんえき	現役	名 現役、現任
□	やくめ	役目 '18	名 職務、角色
□	せいかく	性格	名 性格
□	たいかく	体格 '14	名 體格
□	えんぜつ	演説 '18	名 演說

9日 | 文字・語彙

071 必考單字文法記憶小冊_9日.mp3

☑ 把背不起來的單字勾起來，時時複習！

	讀音	單字	詞性・意思
□	せつめいしょ	説明書	名 説明書
□	みちび	導く '12	動 引導
□	しどう	指導	名 指導
□	そううりあげ	総売上 '11	名 總營收
□	そうがく	総額 '18	名 總額
□	けいとう	系統 '18	名 系統
□	でんとう	伝統 '10	名 傳統
□	へ	減らす	動 減少
□	けいげん	軽減	名 減輕、減少
□	ちぢ	縮む '11 '14	動 縮、收縮
□	しゅくしょう	縮小	名 縮小
□	げんこう	原稿	名 原稿
□	げんぱつ	原発	名 核能發電、原發
□	ほんじつ	本日	名 本日
□	ほんもの	本物 '19	名 真品

[含有字義相近或相反的漢字②]

	讀音	單字	詞性・意思
□	かいご	介護 '18	名 看護、護理
□	しょうかい	紹介	名 介紹
□	かんご	看護	名 看護、照顧
□	かんばん	看板	名 招牌
□	かた	硬い	い形 硬、強硬
□	きょうこう	強硬だ	な形 強硬
□	かた	固める	動 使硬化、鞏固
□	がんこ	頑固だ	な形 頑固
□	やわ	軟らかい	い形 柔軟
□	じゅうなん	柔軟だ '15 '17	な形 柔軟
□	きょうみ	興味	名 興趣
□	ふっこう	復興	名 復興
□	しゅし	趣旨	名 主旨
□	しゅみ	趣味 '19	名 興趣、喜好
□	けわ	険しい	い形 陡峭、嚴厲
□	きけん	危険	名 危險
□	はげ	激しい '11	い形 激烈
□	かんげき	感激	名 感激
□	きわ	極み	名 極致、盡頭
□	きょくたん	極端 '14	名 極端
□	こ	請う	動 請求、祈求
□	しんせい	申請	名 申請
□	さそ	誘う '11	動 邀約、引誘
□	ゆうどう	誘導	名 誘導
□	すす	勧める	動 勸、勸誘
□	かんこく	勧告	名 勸告
□	まね	招く '16	動 邀請、招手
□	しょうらい	招来	名 招致、請來
□	かもつ	貨物	名 貨物
□	こうか	硬貨 '16	名 硬幣
□	こうか	高価	名 高價
□	ていか	定価	名 定價
□	たば	束ねる '18	動 綑、紮

けっそく	□ 結束	名 細綁、團結
つつ	□ 包む	動 包、包覆
ほうそう	□ 包装	名 包裝
むす	□ 結ぶ	動 打結、結交
けつろん	□ 結論	名 結論
こうしん	□ 更新	名 更新、換新
へんこう	□ 変更 '11	名 變更
あらた	□ 改める '13	動 改變、修改
かいせい	□ 改正 '12	名 改正、修改
か	□ 換える	動 更換、交換
かんき	□ 換気	名 使空氣流通
か	□ 替える	動 更換、更替
きが	□ 着替える	動 換衣服
たっ	□ 達する '18	動 到達
たっせい	□ 達成	名 達成
いた	□ 至る '12	動 抵達
しきゅう	□ 至急 '11	名 緊急、快速
きのう	□ 機能 '11	名 機能、功能
こうせいのう	□ 高性能 '14	名 高性能
じっけん	□ 実験	名 實驗
じゅけんせい	□ 受験生	名 考生
かんせい	□ 完成 '12	名 完成
かんりょう	□ 完了 '15	名 完成、結束
きょっけい	□ 極刑	名 極刑
せっきょくてき	□ 積極的だ '12	な形 積極
かくさん	□ 拡散	名 擴散
かくちょう	□ 拡張 '19	名 擴張
つう	□ 通じる '10	動 通、理解
つうろ	□ 通路	名 道路
かいやく	□ 解約 '18	名 解約
よやくせい	□ 予約制 '10	名 預約制
こうたく	□ 光沢	名 光澤
ぜいたく	□ 贅沢 '13	名 奢侈

詞語構成

[常用的前綴和派生詞]

そううりあげ	□ 総売上 '11	名 總營收
そうじんこう	□ 総人口	名 總人口
しょがいこく	□ 諸外国 '12 '17	名 海外各國
しょじじょう	□ 諸事情	名 各種原因
しょじょうけん	□ 諸条件	名 各種條件
しょもんだい	□ 諸問題 '10 '14	名 各種問題
しゅげんいん	□ 主原因	名 主因
しゅせいぶん	□ 主成分 '16	名 主成分
ふくしゃちょう	□ 副社長 '10 '15	名 副社長
ふくだいじん	□ 副大臣 '18	名 副部長
じゅんけっしょう	□ 準決勝 '13	名 準決賽
じゅんゆうしょう	□ 準優勝 '11	名 準冠軍
はんせいき	□ 半世紀	名 半世紀
はんとうめい	□ 半透明 '12	名 半透明

文字・語彙

10日 | 文字・語彙

072 必考單字文法記憶小冊_10日.mp3

☑ 把背不起來的單字勾起來，時時複習！

	讀音	單字	出題年	詞性・中譯
□	かりさいよう	仮採用	'12	名 暫時錄取
□	かりとうろく	仮登録		名 暫時登記
□	ひこうしき	非公式	'11	名 非官方、非正式
□	ひじょうしき	非常識		名 超乎常識
□	ふせいかく	不正確	'17	名 不正確
□	ぶきよう	不器用		名 笨拙
□	みけいけん	未経験	'14	名 無經驗
□	みしよう	未使用	'16	名 未使用
□	みていきょう	未提供		名 未提供
□	みはっぴょう	未発表		名 未發表
□	むきょか	無許可		名 未經許可
□	むけいかく	無計画	'18	名 無計畫
□	むせきにん	無責任	'15	名 無責任、不負責任
□	むひょうじょう	無表情		名 面無表情
□	あくえいきょう	悪影響	'15 '19	名 負面影響
□	あくじょうけん	悪条件	'11	名 惡劣條件
□	こうたいしょう	好対照		名 明顯對比
□	こうつごう	好都合		名 方便、合適
□	こうがくれき	高学歴		名 高學歷
□	こうしゅうにゅう	高収入	'10	名 高收入
□	こうすいじゅん	高水準	'16	名 高水準
□	こうせいのう	高性能	'14	名 高性能
□	さいせんたん	最先端		名 最先進
□	さいゆうりょく	最有力	'13	名 最有優勢
□	たきのう	多機能		名 多功能
□	たしゅみ	多趣味		名 興趣繁多
□	ていかかく	低価格	'12	名 低價
□	てい	低カロリー	'17	名 低卡路里
□	うすあじ	薄味		名 味道淡
□	うすぐら	薄暗い	'13	い形 昏暗
□	ぜんしゃちょう	前社長	'17	名 前任社長
□	ぜんちょうちょう	前町長	'19	名 前任町長
□	しょたいめん	初対面		名 初次見面
□	しょねんど	初年度	'17	名 第一年
□	らいがっき	来学期	'18	名 下學期
□	らい	来シーズン	'10 '11	名 下一季
□	げんじてん	現時点		名 現在
□	げんだんかい	現段階	'11	名 現階段
□	まあたら	真新しい	'15	い形 嶄新
□	まうし	真後ろ	'17	名 正後方
□	まふゆ	真冬		名 隆冬
□	まよなか	真夜中	'12	名 大半夜
□	さいかいはつ	再開発	'16	名 再開發
□	さいていしゅつ	再提出	'13	名 再次提出
□	さいひょうか	再評価		名 再次評價
□	さいほうそう	再放送	'10	名 重播
□	いけいたい	異形態		名 特異型態
□	いぶんか	異文化	'16	名 異文化
□	きゅうこうしゃ	旧校舎		名 舊校舍
□	きゅうせいど	旧制度	'10	名 舊制度

□	めいえんぎ	名演技	名 精湛演技
□	めいばめん	名場面	名 經典片段

[常用的後綴和派生詞 ①]

□	いがくかい	医学界 '11	名 醫學界
□	しぜんかい	自然界	名 自然界
□	けっこんかん	結婚観 '16	名 婚姻觀
□	じんせいかん	人生観	名 人生觀
□	しゅうしょくりつ	就職率 '10	名 就業率
□	しんがくりつ	進学率 '18	名 升學率
□	せいこうりつ	成功率 '15	名 成功率
□	とうひょうりつ	投票率 '12	名 投票率
□	きおくりょく	記憶力	名 記憶力
□	しゅうちゅうりょく	集中力 '10	名 集中力
□	くみたてしき	組み立て式	名 組合式
□	にほんしき	日本式 '16	名 日本式
□	かいしゃいんふう	会社員風 '17	名 上班族風格
□	ふう	ビジネスマン風 '12	名 商務人士風格
□	ふう	ヨーロッパ風	名 歐洲風格
□	わふう	和風 '15	名 日式風格
□	りゅう	アメリカ流 '19	名 美式
□	にほんりゅう	日本流 '12	名 日本式
□	こくさいしょく	国際色 '12	名 國際色彩
□	せいじしょく	政治色 '19	名 政治色彩
□	えんぎは	演技派	名 演技派
□	しんちょうは	慎重派	名 謹慎派
□	かいいんせい	会員制 '17	名 會員制
□	よやくせい	予約制 '10	名 預約制
□	かんりか	管理下 '16	名 管理下
□	せいどか	制度下	名 制度下
□	そうしんもと	送信元 '18	名 寄件者
□	はっこうもと	発行元	名 發行者
□	じゅうたくがい	住宅街 '17	名 住宅區
□	しょうてんがい	商店街 '10	名 商店街
□	じょう	スキー場 '18	名 滑雪場
□	やきゅうじょう	野球場	名 棒球場
□	さくひんしょう	作品賞	名 作品獎
□	ぶんがくしょう	文学賞 '11	名 文學獎
□	きんちょうかん	緊張感	名 緊張感
□	せきにんかん	責任感	名 責任感
□	きけんせい	危険性 '14	名 危險性
□	じゅうなんせい	柔軟性	名 柔軟性
□	えきたいじょう	液体状	名 液體狀
□	じょう	クリーム状 '11	名 乳霜狀
□	しょうたいじょう	招待状 '15	名 邀請函
□	ねんがじょう	年賀状	名 賀年卡
□	じゅん	アルファベット順 '12	名 字母順序
□	ねんだいじゅん	年代順 '16	名 年代順序
□	ざっしるい	雑誌類	名 雜誌類
□	しょっきるい	食器類 '13	名 餐具類

文字・語彙

☑ 把背不起來的單字勾起來，時時複習！

	讀音	單字	詞性・中文
☐	がくねんべつ	学年別 '18	名 依學年分類
☐	せんもんべつ	専門別	名 依主修分類
☐	しゅうりだい	修理代	名 修理費
☐	でんきだい	電気代	名 電費
☐	てまちん	手間賃	名 人工費
☐	でんしゃちん	電車賃 '14	名 電車票錢
☐	こうつうひ	交通費	名 交通費
☐	せいさくひ	制作費	名 製作費
☐	しょうがくきん	奨学金	名 獎學金
☐	ほしょうきん	保証金	名 保證金
☐	げんこうりょう	原稿料	名 稿費
☐	しゅくはくりょう	宿泊料	名 住宿費
☐	かそくど	加速度	名 加速度
☐	ゆうせんど	優先度	名 優先程度
☐	こうすいりょう	降水量	名 降水量
☐	しゅうかくりょう	収穫量	名 收穫量
☐	しょうひりょう	消費量	名 消費量
☐	せいさんりょう	生産量	名 生產量

[常用的後綴和派生詞 ②]

	讀音	單字	詞性・中文
☐	さくひんしゅう	作品集 '14	名 作品集
☐	しゃしんしゅう	写真集	名 攝影集
☐	おうえんだん	応援団 '15	名 加油團
☐	だん	バレエ団	名 芭蕾舞團
☐	さん	カリフォルニア産	名 加州產
☐	こくないさん	国内産	名 國產
☐	しゅっしんち	出身地	名 出生地、故鄉
☐	せいさんち	生産地	名 產地
☐	けいさつしょ	警察署	名 警察局
☐	ぜいむしょ	税務署	名 稅務局
☐	げんていばん	限定版	名 限定版
☐	にほんごばん	日本語版	名 日語版
☐	とうきょうえきはつ	東京駅発 '13	名 東京車站發車
☐	なりたはつ	成田発	名 成田出發
☐	ぐたいてき	具体的だ	な形 具體的
☐	せいじてき	政治的だ	な形 政治的
☐	けんちくか	建築家	名 建築師
☐	ふくしか	福祉家	名 慈善家
☐	しゃいんしょう	社員証	名 員工證
☐	りょうしゅうしょう	領収証	名 收據
☐	いちにち	一日おき '11 '14	每隔一天
☐	に	二メートルおき	每隔兩封信
☐	ちこく	遅刻がち	經常遲到
☐	びょうき	病気がち	容易生病
☐	かわ	皮ごと	連皮一起…
☐	まる	丸ごと	副 整個、全部
☐	ねん	20年ぶり	睽違20年
☐	ひさ	久しぶり	久違
☐	おやこづ	親子連れ '13	家長帶小孩
☐	かぞくづ	家族連れ '17	攜家帶眷

	單字	讀音	中文
☐	期限切れ '14	きげんぎ	過期
☐	在庫切れ	ざいこぎ	無庫存
☐	現実離れ '15	げんじつばな	不切實際
☐	政治離れ	せいじばな	不碰政治
☐	出来立て	できた	剛做好
☐	焼き立て	やた	剛烤好
☐	一戸建て	いっこだ	獨棟
☐	三階建て	さんがいだ	三層樓的房屋
☐	川沿い	かわぞ	沿著河岸
☐	線路沿い '14	せんろぞ	沿著鐵路
☐	子供扱い	こどもあつか	當小孩對待
☐	犯人扱い	はんにんあつか	當犯人對待
☐	頼みづらい '19	たの	難以請託
☐	話しづらい	はな	難以說話
☐	条件付き	じょうけんつ	附條件
☐	朝食付き	ちょうしょくつ	附早餐
☐	醤油漬け	しょうゆづ	醬油醃漬
☐	勉強漬け '16	べんきょうづ	全心念書
☐	支払い済み	しはらず	已付款
☐	使用済み	しようず	使用完畢
☐	音楽全般 '13	おんがくぜんぱん	所有音樂
☐	教育全般	きょういくぜんぱん	跟教育有關的一切
☐	風邪気味 '13	かぜぎみ	感冒徵兆
☐	疲れ気味	つかぎみ	稍微有點累
☐	反対派一色	はんたいはいっしょく	全是反對者
☐	ムード一色 '14	いっしょく	氛圍一致
☐	原因不明	げんいんふめい	原因不明
☐	行方不明	ゆくえふめい	行蹤不明
☐	死に際	しぎわ	臨終
☐	別れ際 '19	わかぎわ	離別時
☐	年明け	としあ	新年、年初
☐	夏休み明け '13	なつやすあ	暑假結束後

[常見的複合詞①]

	單字	讀音	中文
☐	取り上げる	とあ	動 拿起、採納
☐	取り扱う	とあつか	動 操作、對待
☐	取り入れる	とい	動 收穫、採用
☐	取り換える	とか	動 更換
☐	取り掛かる	とか	動 著手
☐	取り組む	とく	動 全心從事
☐	取り消す	とけ	動 取消、撤銷
☐	取り出す	とだ	動 取出
☐	取り付ける	とつ	動 安裝
☐	取り留める	とと	動 保住
☐	書き上がる	かあ	動 寫完
☐	書き入れる	かい	動 寫入
☐	書き込む	かこ	動 填入
☐	書き出す	かだ	動 寫出
☐	書き直す	かなお	動 重寫
☐	持ち上げる	もあ	動 舉起、抬起

把背不起來的單字勾起來，時時複習！

	振假名	單字	詞性	中文
□	も かえ	持ち帰る	動	帶回去
□	も き	持ち切る	動	持續討論
□	も こ	持ち込む	動	帶入
□	も だ	持ち出す	動	帶出去、提起
□	う あ	打ち明ける	動	坦承
□	う あ	打ち上げる	動	發射
□	う あ	打ち合わせる	動	商討
□	う き	打ち切る	動	中止
□	お	追いかける	動	追趕
□	お こ	追い越す	動	超越
□	お だ	追い出す	動	驅逐
□	お	追いつく	動	追上、追逐
□	の おく	乗り遅れる	動	錯過車班
□	の か	乗り換える	動	轉乘
□	の こ	乗り越える	動	跨越
□	の つ	乗り継ぐ '18	動	繼續乘坐
□	み あ	見上げる	動	仰望、抬頭看
□	み なお	見直す	動	重新檢視、刮目相看
□	み な	見慣れる	動	看慣
□	み のが	見逃す '19	動	錯過、看漏
□	か あ	買い上げ	名	購買
□	か だ	買い出し	名	採購
□	か わす	買い忘れ	名	忘記買
□	こころづよ	心強い '12	い形	放心
□	こころぼそ	心細い	い形	不安、膽怯
□	こころよわ	心弱い	い形	怯懦、消沉

[常見的複合詞②]

	振假名	單字	詞性	中文
□	と あ	飛び上がる	動	飛起、跳起
□	と さ	飛び下がる	動	跳下
□	と た	飛び立つ	動	飛離
□	よ	呼びかける	動	呼喚、呼籲
□	よ こ	呼び込む	動	喚入
□	よ だ	呼び出す	動	叫出
□	お こ	落ち込む '19	動	掉入、消沉
□	お つ	落ち着く	動	冷靜、沉著
□	おも こ	思い込む	動	深信
□	おも き	思い切る '14	動	下定決心
□	た つ	建て付ける	動	門窗的開關情形
□	た なお	建て直す	動	重新建立
□	つか	使いこなす	動	運用自如
□	つか こ	使い込む	動	久用、侵占
□	つ あ	詰め合う	動	聚集在一處
□	つ こ	詰め込む	動	填滿
□	ひ う	引き受ける	動	承擔
□	ひ かえ	引き返す '19	動	折返、回復原樣
□	あ	当てはまる	動	適當、適合
□	い こ	入れ込む	動	放入、著迷
□	いろちが	色違い	名	顏色不同
□	うら ぎ	裏切る	動	背叛

□	おもくるしい	重苦しい	い形 沉悶
□	おくりこむ	送り込む	動 送去
□	きりかえる	切り換える	動 切換
□	くみたてる	組み立てる	動 組合
□	さがしまわる	探し回る	動 四處尋找
□	さしつかえる	差し支える '14	動 妨礙
□	ずるがしこい	狡賢い	い形 狡猾
□	つきあう	付き合う	動 陪伴、交往
□	つけくわえる	付け加える	動 附加
□	ときはじめる	解き始める	動 開始解決
□	なきだす	泣き出す	動 開始哭泣
□	はしりまわる	走り回る	動 四處奔跑
□	はたらきて	働き手 '18	名 工作者
□	はなしかける	話しかける	動 搭話
□	ふりこむ	振り込む	動 撒入、匯款
□	まよいいぬ	迷い犬	名 走失的狗
□	むしあつい	蒸し暑い	い形 悶熱
□	もうしこむ	申し込む	動 申請
□	よりそう	寄り添う	動 貼近、依偎
□	わりこむ	割り込む '16	動 擠進

前後關係

[常出題的名詞]

□	いよく	意欲 '13	名 積極度、企圖心
□	いんよう	引用	名 引用
□	かいぜん	改善 '11	名 改善
□	かくご	覚悟	名 覺悟
□	かくほ	確保 '17	名 確保
□	かつやく	活躍	名 活躍
□	くぶん	区分	名 分隔
□	くべつ	区別	名 區別
□	けいき	契機 '17	名 契機
□	けんしん	検診	名 檢查
□	さいばい	栽培 '19	名 栽培
□	さんかん	参観	名 參觀
□	しじ	指示	名 指示
□	じぞく	持続	名 持續
□	じもと	地元 '11 '18	名 當地、出生地
□	じゃま	邪魔 '16	名 妨礙
□	じょうたつ	上達	名 進步
□	しょくば	職場	名 職場
□	そうさ	操作	名 操作
□	ぞくしゅつ	続出 '10 '18	名 持續出現
□	ぞっこう	続行	名 繼續執行
□	つうやく	通訳	名 口譯
□	つよ	強み '11	名 優勢
□	てんけん	点検 '18	名 檢修
□	どうにゅう	導入 '14	名 導入
□	とくしょく	特色 '15	名 特色
□	なっとく	納得	名 認可

13日 | 文字・語彙

075 必考單字文法記憶小冊_13日.mp3

☑ 把背不起來的單字勾起來，時時複習！

	單字	詞性・意思
□	根元（ねもと）	名 根部
□	反映（はんえい） '11	名 反映
□	普及（ふきゅう） '10 '16	名 普及
□	分析（ぶんせき） '11 '17	名 分析
□	分担（ぶんたん） '19	名 分擔
□	本物（ほんもの） '19	名 真品
□	名所（めいしょ） '17	名 知名景點
□	予測（よそく） '15	名 預測

[常出題的片假名]

	單字	詞性・意思
□	アウト	名 出局
□	アピール '17	名 展示、呼籲
□	アレンジ '18	名 調整、配置
□	ウイルス	名 病毒
□	エラー	名 錯誤
□	クレーム	名 客訴、抱怨
□	コマーシャル	名 廣告
□	コレクション	名 收藏、時裝秀
□	コンプレックス	名 情結、自卑感
□	サンプル	名 樣品
□	シーズン '10	名 季節
□	ショック '16	名 衝擊
□	ステージ	名 舞台
□	スペース '18	名 空間
□	スムーズだ '13	な形 順暢
□	タイミング	名 時機
□	ダイレクトだ	な形 直接
□	ダウン	名 下降
□	ダメージ	名 損害
□	デザイン '15	名 設計
□	トータル	名 全部、整體
□	ニーズ	名 需求
□	バランス '15 '17	名 平衡
□	パンク '14	名 爆胎
□	フォーマルだ	な形 正式
□	プラン '13	名 計畫
□	プレッシャー '19	名 壓力
□	フロア	名 地板
□	フロント	名 櫃檯
□	ベーシックだ	な形 基礎
□	マイペース '10	名 我行我素
□	モダンだ	な形 現代
□	ルール	名 規則
□	リーダー '16	名 領導者
□	リラックス '14	名 放鬆

[常出題的動詞]

	單字	詞性・意思
□	預（あず）ける	動 寄放、寄託
□	当（あ）てはまる	動 符合
□	言（い）い張（は）る	動 堅持主張

- ☐ 行き着く（い つ）　動 到達
- ☐ 打ち消す（う け）'17　動 否定
- ☐ うなずく'19　動 點頭
- ☐ 埋まる（う）　動 填滿
- ☐ 衰える（おとろ）'19　動 衰退
- ☐ 欠かす（か）'18　動 欠缺、遺漏
- ☐ 稼ぐ（かせ）　動 賺錢
- ☐ 偏る（かたよ）'12　動 偏頗
- ☐ 枯れる（か）　動 枯萎
- ☐ 悔やむ（く）'17　動 懊悔
- ☐ こぼれる　動 溢出、灑落
- ☐ 冷める（さ）　動 冷卻
- ☐ 沈む（しず）　動 沉沒
- ☐ 過ごす（す）　動 度過
- ☐ 蓄える（たくわ）'14　動 蓄積
- ☐ つぶす'15　動 打發
- ☐ つまずく'13　動 絆倒
- ☐ 詰める（つ）　動 塞滿
- ☐ 飛び散る（と ち）'18　動 飛散
- ☐ 濁る（にご）'15　動 混濁
- ☐ 乗り継ぐ（の つ）'18　動 轉乘、繼續乘坐
- ☐ 早まる（はや）　動 提早
- ☐ 払い込む（はら こ）　動 匯款
- ☐ 腹立つ（はら だ）'14　動 氣憤
- ☐ 引き止める（ひ と）'16　動 阻止
- ☐ 塞がる（ふさ）　動 閉合、堵塞
- ☐ 見習う（み なら）　動 學習
- ☐ 目指す（め ざ）'14　動 以...為目標
- ☐ 面する（めん）'15　動 面朝
- ☐ 潜る（もぐ）　動 潛
- ☐ 雇う（やと）　動 雇用
- ☐ 割り込む（わ こ）'16　動 擠進

[常出題的い・な形容詞]

- ☐ 危うい（あや）　い形 危急
- ☐ くだらない　い形 無趣
- ☐ 悔しい（くや）'14　い形 懊悔
- ☐ すっぱい　い形 酸
- ☐ 鋭い（するど）'15　い形 尖銳
- ☐ そそっかしい'17　い形 冒失
- ☐ 頼もしい（たの）'16　い形 值得信賴
- ☐ 辛い（つら）'13　い形 痛苦
- ☐ 甚だしい（はなは）　い形 甚大
- ☐ もったいない　い形 浪費、可惜
- ☐ やかましい'14　い形 喧鬧
- ☐ 緩い（ゆる）　い形 寬鬆
- ☐ あいまいだ'10'13'19　な形 曖昧不明
- ☐ 安易だ（あん い）'16　な形 輕易
- ☐ 大げさだ（おお）'10'16　な形 誇張
- ☐ 温厚だ（おんこう）'10　な形 敦厚

14日 | 文字・語彙

🔊 076 必考單字文法記憶小冊_14日.mp3

☑ 把背不起來的單字勾起來，時時複習！

- □ 活発(かっぱつ)だ '16　なり形 活躍
- □ 質素(しっそ)だ '11　なり形 簡樸
- □ 人工的(じんこうてき)だ　なり形 人工的
- □ 盛大(せいだい)だ　なり形 盛大
- □ そっくりだ　なり形 一模一樣
- □ 的確(てきかく)だ　なり形 準確
- □ 適度(てきど)だ '12　なり形 適度
- □ 適当(てきとう)だ　なり形 適當
- □ でたらめだ '18　なり形 荒唐
- □ 独特(どくとく)だ '18　なり形 獨特
- □ なだらかだ '16　なり形 平緩
- □ ばらばらだ　なり形 四散
- □ 敏感(びんかん)だ '18　なり形 敏感
- □ 不安定(ふあんてい)だ '19　なり形 不安定
- □ 膨大(ぼうだい)だ　なり形 龐大
- □ 惨(みじ)めだ　なり形 悽慘
- □ 有望(ゆうぼう)だ　なり形 有希望
- □ 冷静(れいせい)だ '12　なり形 冷靜
- □ わがままだ　なり形 任性

[常出題的副詞]

- □ あいにく '13　副 偏巧、不巧
- □ 予(あらかじ)め '14　副 提前
- □ 一気(いっき)に '14　副 一口氣
- □ うっかり　副 不經意
- □ うっすら　副 隱約
- □ うとうと '14　副 打瞌睡
- □ がらがら '11　副 空蕩
- □ ぎりぎり '17　副 勉強、差一點
- □ ぐったり '16　副 精疲力竭
- □ くよくよ　副 煩惱
- □ ぐらぐら　副 鬆脫
- □ ごちゃごちゃ '19　副 亂七八糟
- □ こつこつ '14　副 孜孜不倦
- □ さっぱり '11　副 清爽
- □ しっかり　副 確實
- □ しっとり　副 潮濕
- □ 徐々(じょじょ)に '10　副 漸漸
- □ すっかり　副 完全
- □ すっきり '13　副 舒暢
- □ たっぷり '15　副 充分
- □ 着々(ちゃくちゃく)と '12 '18　副 逐步且確實
- □ にっこり '18　副 微笑
- □ のびのび　副 發育快速
- □ のんびり '10 '16　副 悠閒
- □ はっきり　副 明確
- □ ぴかぴか　副 閃閃發亮
- □ ひそひそ '17　副 悄悄
- □ びっしょり '15　副 濕透
- □ ぶらぶら '11　副 四處閒晃

□	單字	意思
□	ふんわり	副 鬆軟
□	ほかほか	副 熱呼呼
□	ぼんやり '11	副 心不在焉
□	ますます	副 逐漸
□	めっきり	副 猛然
□	割（わり）と '11	副 與預期相較

近義替換

[常見的名詞]

□	單字	意思
□	あいさつ	名 打招呼、問候
	会釈（えしゃく）	名 點頭、打招呼
□	誤（あやま）り '17	名 錯誤、失誤
	間違（まちが）っているところ '17	名 錯誤之處
□	言（い）いつけ	名 囑咐、命令
	命令（めいれい）	名 命令
□	息抜（いきぬ）き '16	名 喘口氣
	休（やす）み '16	名 休息
□	以前（いぜん） '15	名 以前
	かつて '15	名 過去、曾經
□	改装（かいそう）	名 改裝
	リニューアル	名 改裝、更新
□	借（か）り '10	名 借
	レンタル '10	名 租借
□	記憶（きおく） '17	名 記憶
	覚（おぼ）え '17	名 記憶、感覺
□	訓練（くんれん）	名 訓練
	トレーニング	名 訓練
□	見解（けんかい） '10	名 見解
	考（かんが）え方（かた） '10	名 想法
□	効果（こうか）	名 效果
	インパクト	名 衝擊、影響
□	差（さ）し支（つか）え	名 不便、障礙
	問題（もんだい）	名 問題
□	雑談（ざつだん） '10	名 閒聊
	おしゃべり '10	名 聊天、說話
□	仕上（しあ）げ '12	名 做完、完成
	完成（かんせい） '12	名 完成
□	仕組（しく）み	名 結構
	構造（こうぞう）	名 構造
□	試験（しけん）	名 考試
	テスト	名 考試
□	システム	名 系統、體系
	制度（せいど）	名 制度
□	焦点（しょうてん）	名 焦點
	フォーカス	名 焦點
□	所有（しょゆう） '15	名 持有
	持（も）ち '15	名 持有
□	資料（しりょう）	名 資料
	データ	名 數據、資料

15日 | 文字・語彙

077 必考單字文法記憶小冊_15日.mp3

☑ 把背不起來的單字勾起來，時時複習！

- ☐ 揃(そろ)い '13　名 聚集、成套
  集(あつ)まり '13　名 集會、群集
- ☐ テーマ　名 主題、主軸
  主題(しゅだい)　名 主題
- ☐ テクニック '18　名 技術、技巧
  技術(ぎじゅつ) '18　名 技術
- ☐ テンポ '15　名 速度、節拍
  速(はや)さ '15　名 速度
- ☐ 独身(どくしん)　名 單身
  シングル　名 單身
- ☐ 日中(にっちゅう) '12　名 白天
  昼間(ひるま) '12　名 白天
- ☐ ブーム '11　名 熱潮
  流行(りゅうこう) '11　名 流行
- ☐ 不平(ふへい) '17　名 不平、不滿
  文句(もんく) '17　名 抱怨
- ☐ プラン '13　名 計畫
  計画(けいかく) '13　名 計畫
- ☐ 間際(まぎわ) '14　名 正要…之前
  直前(ちょくぜん) '14　名 正要…之前
- ☐ ユニフォーム　名 制服
  制服(せいふく)　名 制服
- ☐ リサイクル　名 回收
  再利用(さいりよう)　名 回收、再利用
- ☐ レギュラー　名 常規、正式選手
  一軍(いちぐん)　名 一軍、正式選手
- ☐ レベルアップ　名 升級、提高水準
  上達(じょうたつ)　名 進步

[常見的動詞]

- ☐ あなどる　動 侮辱
  軽視(けいし)する　動 輕視
- ☐ 慌(あわ)てる '18　動 慌張
  じたばたする '18　動 著急
- ☐ 生(い)かす　動 利用、發揮
  活用(かつよう)する　動 活用
- ☐ うつむく '11 '18　動 低頭
  下(した)を向(む)く '11 '18　動 朝下
- ☐ 敬(うやま)う　動 尊敬珍惜
  大切(たいせつ)にあつかう　小心對待
- ☐ 遠慮(えんりょ)する　動 顧慮、避免
  やめる　動 停止
- ☐ 補(おぎな)う　動 補足、補上
  カバーする　動 彌補、掩護
- ☐ 抑(おさ)える　動 抑制、壓抑
  我慢(がまん)する　動 忍耐
- ☐ 落(お)ち込(こ)む '19　動 低落
  がっかりする '19　動 失望

□
- 回復する（かいふく）'11　動 恢復
- よくなる '11　變好

□
- くみ取る（と）　動 意會、汲取
- 理解する（りかい）　動 理解

□
- くるむ　動 捲、包
- つつむ　動 包

□
- 削る（けず）　動 削除、削減
- 減らす（へ）　動 減少

□
- 異なる（こと）'14　動 不同
- 違う（ちが）'14　動 不同

□
- 怖がる（こわ）'17　動 害怕
- 臆病になる（おくびょう）'17　變膽小

□
- 定める（さだ）'19　動 決定
- 決める（き）'19　動 決定

□
- 収納する（しゅうのう）'15　動 收納
- 仕舞う（しま）'15　動 收拾

□
- 済ます（す）'13　動 結束、完成
- 終える（お）'13　動 結束

□
- 揃える（そろ）'14　動 使一致
- 同じにする（おな）'14　動 使相同

□
- 縮む（ちぢ）'11　動 縮
- 小さくなる（ちい）'11　變小

□
- 追加する（ついか）'12　動 追加、增加
- 足す（た）'12　動 添加、補充

□
- 同情する（どうじょう）'19　動 同情
- かわいそうだと思う（おも）'19　覺得可憐

□
- 張り切る（はき）　動 充滿幹勁
- やる気を出す（き・だ）　提起幹勁

□
- 引き返す（ひ・かえ）'19　動 折返、恢復原狀
- 戻る（もど）'19　動 返回、復原

□
- ひどく疲れる（つか）'11　動 非常疲倦
- くたくただ '11　な形 精疲力盡

□
- ぶつかる '16　動 撞擊
- 衝突する（しょうとつ）'16　動 撞擊、衝突

□
- ぶつける '18　動 擊中、使撞擊
- 当てる（あ）'18　動 擊中、打中

□
- 見下ろす（みお）　動 俯瞰、輕視
- 見渡す（みわた）　動 眺望

□
- むかつく '17　動 生氣、反胃
- 怒る（おこ）'17　動 憤怒、生氣

□
- 譲る（ゆず）'17　動 讓、讓步
- あげる '17　動 給

□
- 許す（ゆる）　動 原諒
- 勘弁する（かんべん）　動 原諒

□
- 用心する（ようじん）'14'18　動 注意、警戒
- 注意する（ちゅうい）'14　動 注意
- 気をつける（き）'18　留心

□
- 笑う（わら）　動 笑
- 微笑む（ほほえ）　動 微笑

文字・語彙

☑ 把背不起來的單字勾起來，時時複習！

[常見的い·な形容詞]

□	浅い（あさ）	[い形] 淺、程度低
	不十分だ（ふじゅうぶん）	[な形] 不充分
□	厚かましい（あつ）	[い形] 厚臉皮
	ずうずうしい	[い形] 厚顏無恥
□	思いがけない（おも）['13]	[い形] 沒想到
	意外だ（いがい）['13]	[な形] 意料之外
□	利口だ（りこう）['18]	[な形] 聰明
	賢い（かしこ）['10]	[い形] 頭腦好、聰明
	優秀だ（ゆうしゅう）['11]	[な形] 優秀
	頭がいい（あたま）['10'11'18]	機靈
□	くどい['18]	[い形] 冗長、煩人
	しつこい['18]	[い形] 執著、煩人
□	細かい（こま）	[い形] 細碎、細小
	いちいち	[副] 一個一個
□	騒々しい（そうぞう）['14]	[い形] 嘈雜
	うるさい['14]	[い形] 吵鬧
□	そそっかしい	[い形] 冒失
	注意が足りない（ちゅうい・た）	不夠留意
□	正しくない（ただ）['12]	[い形] 不正確
	過ちの（あやま）['12]	錯誤的
□	乏しい（とぼ）	[い形] 缺乏
	不足している（ふそく）	不足
□	相応しい（ふさわ）	[い形] 相稱、合適
	適切だ（てきせつ）	[い形] 適當

□	やかましい	[い形] 吵鬧、囉嗦
	うるさい	[い形] 吵雜的、囉說的
□	あいまいだ['13]	[な形] 不清不楚
	はっきりしない['13]	不清楚
□	明らかだ（あき）['14]	[な形] 明顯、明確
	明確だ（めいかく）	[な形] 明確
	はっきりした['14]	清楚
□	大げさだ（おお）['10]	[な形] 誇張
	オーバーだ['10]	[な形] 過頭
□	かわいそうだ['18]	[な形] 可憐
	哀れだ（あわ）['18]	[な形] 悲哀
□	静かだ（しず）	[な形] 安靜
	ひっそりする	寂靜
□	大変だ（たいへん）['19]	[な形] 重大、辛苦
	きつい	[い形] 強烈、累人
	ハードだ['19]	[な形] 艱困
□	妥当だ（だとう）	[な形] 妥當
	状況に合う（じょうきょう・あ）	合乎狀況
□	でたらめだ	[な形] 胡說八道
	本当ではない（ほんとう）	非事實
□	独特だ（どくとく）	[な形] 獨特
	ユニークだ	[な形] 獨特
□	にこやかだ	[な形] 笑盈盈
	笑顔だ（えがお）	[な形] 笑臉

	單字	詞性	意思
□	卑怯（ひきょう）だ '16	な形	懦弱、卑鄙
	ずるい '16	い形	狡猾
□	ぶかぶかだ '10	な形	寬鬆
	とても大（おお）きい '10		非常大
□	変（へん）だ '12'15	な形	怪異
	奇妙（きみょう）だ '12	な形	奇妙
	妙（みょう）だ '15	な形	優秀、奇妙
□	稀（まれ）だ '17	な形	極少
	ほとんどない '17		幾乎沒有
□	見事（みごと）だ	な形	出色、漂亮
	すばらしい	い形	極好
□	厄介（やっかい）だ	な形	棘手、麻煩
	面倒（めんどう）だ	な形	麻煩
□	愉快（ゆかい）だ '16	な形	愉快
	面白（おもしろ）い '16	い形	有趣
□	わがままだ '10'17	な形	任性
	自分勝手（じぶんかって）だ '10	な形	隨心所欲
	勝手（かって）だ '17	な形	擅自

[常見的動詞]

	單字	詞性	意思
□	相変（あいか）わらず '13	副	依然如故
	依然（いぜん）として '13		依然
	前（まえ）と同（おな）じで		跟之前一樣
□	あいにく	副	不湊巧
	残念（ざんねん）ながら		可惜

	單字	詞性	意思
□	あたかも	副	彷彿、宛若
	まるで	副	簡直是
□	いきなり '11	副	突然
	突然（とつぜん） '11	副	突然
□	一生懸命（いっしょうけんめい） '13'19	副	拼命
	必死（ひっし）に '13		拚死
	精一杯（せいいっぱい） '19	副	盡全力
□	いっせいに	副	一齊
	どっと	副	齊聲、一齊湧入
□	一層（いっそう） '19	副	更加
	もっと '19	副	更
□	いつも '16	副	總是
	常（つね）に '16	副	經常
	しょっちゅう	副	總是、始終
	年中（ねんじゅう）	副	始終、一整年裡
□	おそらく '15	副	恐怕
	たぶん '15	副	大概
□	きわめて	副	極度
	非常（ひじょう）に		非常
□	強（し）いて	副	硬是
	無理（むり）やりに		勉強
□	じかに '16	副	直接
	直接（ちょくせつ） '16	副	直接
□	徐々（じょじょ）に	副	逐漸
	次第（しだい）に		漸漸、陸續

17日 | 文字・語彙

079 必考單字文法記憶小冊_17日.mp3

☑ 把背不起來的單字勾起來，時時複習！

□	すぐに '14	副 馬上
	たちまち '14	副 立刻
□	少し（すこ）'11 '15	副 少許
	わずかに '11	些微、些許
	やや '15	副 些許、稍微
□	せいぜい	副 盡全力、盡可能
	精一杯（せいいっぱい）	副 盡全力
□	相当（そうとう）'12	副 相當
	かなり '12	副 相當、頗
□	続々と（ぞくぞく）	副 陸續
	相次いで（あいつ）	副 接連
□	大体（だいたい）'11 '13	副 大致、幾乎
	ほぼ '11	副 幾乎
	およそ '13	副 大概
□	直ちに（ただ）'12	副 立即
	直ぐに（す）'12	副 馬上
□	たびたび '10 '16	副 多次
	何度も（なんど）'10 '16	好幾次
□	たまたま '14	副 偶然、有時
	偶然（ぐうぜん）'14	副 偶然
□	近々（ちかぢか）	副 最近、近
	もうすぐ	馬上
□	当分（とうぶん）'18	副 當下、此刻
	しばらく '18	副 暫時
□	とっくに '17	副 很久以前
	ずっと前に（まえ）'17	很久以前
□	とりあえず '10	副 總之
	一応（いちおう）'10	副 暫且、大概
□	のろのろ	副 緩慢
	ゆっくり	副 慢慢
□	はっきり	副 清楚
	きっぱり	副 態度明確
□	自ら（みずか）'13	副 親自
	自分で（じぶん）'13	自己做
□	やたらに	副 胡亂、隨便
	何も考えず（なに かんが）	不經思考

[常見的短句]

□	あまり話さない（はな）'15	幾乎不說話
	無口だ（むくち）'15	な形 沉默寡言
□	お勘定は済ませました（かんじょう す）'14	結完帳
	お金は払いました（かね はら）'14	付款完成
□	かかりつけの '19	常去的（醫師、醫院）
	いつも行く（い）'19	經常去的
□	かさかさしている '12	乾燥、缺乏水分
	乾燥している（かんそう）'12	乾燥
□	過剰である（かじょう）'17	過剩
	多すぎる（おお）'17	太多

□ 体(からだ)が小(ちい)さい '15	體型小
小柄(こがら)だ '15	な形 體格小
□ 考(かんが)えられる限(かぎ)りの	可想像到的
あらゆる	所有
□ 関心(かんしん)が薄(うす)い	不太有興趣
関心(かんしん)が少(すく)ない	沒興趣
□ 関心(かんしん)を持(も)つ '16	有興趣
注目(ちゅうもく)する '16	動 關注
□ ささやくような '15	彷彿在低語
小声(こごえ)で歌(うた)うような '15	彷彿低聲唱歌
□ ざっと見(み)る	快速掃視
目(め)を通(とお)す	過目
□ じっとする '12	固定不動
動(うご)かない '12	不動
□ 品揃(しなぞろ)えがよい	品項齊全
物(もの)の種類(しゅるい)がたくさんある	物品種類繁多
□ 湿(しめ)っている '12	潮濕
まだ乾(かわ)いていない '12	還沒乾
□ 十分注意(じゅうぶんちゅうい)する '11	非常留意
慎重(しんちょう)だ '11	な形 慎重
□ 優(すぐ)れている	優秀
他(ほか)と比(くら)べていい	比其他的好
□ すっかり変(か)わる '18	完全改變
一転(いってん)する '18	動 完全改變、突然改變

□ 全部買(ぜんぶか)う '14	全部購買
買(か)い占(し)める '14	動 買斷
□ そわそわする	嘈雜、騷動
落(お)ちつかない	無法平靜
□ ただの	就只是
普通(ふつう)の	普通的
□ ついている '16	走運
運(うん)がよい '16	運氣好
□ 照(て)らし合(あ)わせる	動 比對、對照
比較(ひかく)する	動 比較
□ 不安(ふあん)になる '19	產生不安
動揺(どうよう)する '19	動 動搖
□ 物騒(ぶっそう)になる '19	危險、不安定
安全(あんぜん)ではない '19	不安全
□ プラスになる	有正面影響
役(やく)に立(た)つ	有幫助
□ ボリュームがある	有份量
量(りょう)が多(おお)い	數量多
□ 役目(やくめ)を果(は)たす	完成任務、完成職務
仕事(しごと)を終(お)える	完成工作
□ 安(やす)くゆずる '10	便宜售出
安(やす)く売(う)る '10	便宜販售
□ 山(やま)のふもと '13	山麓
山(やま)の下(した)の方(ほう) '13	山腳下

18日 | 文字・語彙

080 必考單字文法記憶小冊_18日.mp3

☑ 把背不起來的單字勾起來，時時複習！

- □ やむを得（え）ない '16　不得不
  仕方（しかた）ない '16　沒辦法
- □ 夢（ゆめ）が膨（ふく）らむ　夢想變得更大
  夢（ゆめ）が大（おお）きくなる　夢想變得更大
- □ 予想（よそう）していない　沒有預料到
  思（おも）いがけない　沒想到

用法

[常用名詞①]

- □ 合図（あいず） '14　名 信號、暗號
- □ 言（い）い訳（わけ） '14　名 藉口
- □ 維持（いじ）　名 維持
- □ 違反（いはん） '11 '19　名 違反
- □ 引退（いんたい） '16　名 退休、辭職
- □ 延長（えんちょう） '16　名 延長
- □ 温暖（おんだん） '15　名 溫暖
- □ 会見（かいけん） '14　名 會面
- □ 外見（がいけん） '10　名 外貌、外表
- □ 回収（かいしゅう）　名 收回
- □ 機嫌（きげん）　名 情緒
- □ きっかけ '10 '16　名 契機
- □ 愚痴（ぐち） '12　名 抱怨
- □ 掲示（けいじ） '13　名 告示
- □ 傑作（けっさく）　名 傑作
- □ 限定（げんてい） '17　名 限定
- □ 交代（こうたい） '12　名 交替、換人
- □ 合同（ごうどう） '12　名 聯合、合併
- □ 混乱（こんらん） '15　名 混亂
- □ 催促（さいそく） '13　名 催促
- □ 採用（さいよう）　名 錄取
- □ 作成（さくせい） '15　名 製作
- □ 視察（しさつ）　名 視察
- □ 支持（しじ） '14　名 支持
- □ 失望（しつぼう）　名 失望
- □ 充満（じゅうまん） '19　名 充滿
- □ 取材（しゅざい） '10　名 取材
- □ 初歩（しょほ） '19　名 初學
- □ 真相（しんそう）　名 真相
- □ 世間（せけん） '11　名 世界上
- □ 節約（せつやく） '17　名 節約
- □ 先端（せんたん）　名 先進、尖端
- □ 宣伝（せんでん）　名 宣傳
- □ 専念（せんねん） '13　名 專心
- □ 続出（ぞくしゅつ） '10 '18　名 接連發生、不斷發生

[常用名詞②]

- □ 素材（そざい） '19　名 材料、素材
- □ 立場（たちば）　名 立場
- □ 中断（ちゅうだん） '15　名 中斷
- □ 注目（ちゅうもく） '10 '16　名 關注

	單字	讀音	出題年	意思
□	頂上	ちょうじょう	'17	名 巔峰、山頂
□	テキスト			名 教科書
□	手間	てま		名 勞力
□	土台	どだい		名 基礎、根基
□	日課	にっか	'18	名 每日要做的事
□	熱中	ねっちゅう		名 沉迷、熱衷
□	廃止	はいし	'12'19	名 廢止
□	発達	はったつ	'16	名 發達
□	発明	はつめい		名 發明
□	範囲	はんい	'11	名 範圍
□	反省	はんせい	'16	名 反省
□	被害	ひがい		名 受害、受災
□	表示	ひょうじ		名 表現、展示
□	普及	ふきゅう	'10'16	名 普及
□	分解	ぶんかい		名 分解
□	分野	ぶんや	'13	名 領域
□	返信	へんしん		名 回覆
□	放映	ほうえい		名 播映
□	方針	ほうしん	'11	名 方針
□	補足	ほそく	'13	名 補充
□	保存	ほぞん	'18	名 保存
□	味方	みかた		名 同夥
□	矛盾	むじゅん	'12	名 矛盾
□	目上	めうえ	'16	名 上位者、地位較高者
□	最寄	もより	'18	名 最近
□	門限	もんげん		名 門禁時間
□	行方	ゆくえ	'15	名 行蹤
□	油断	ゆだん	'15'19	名 大意
□	用途	ようと	'15	名 用途
□	利益	りえき	'11	名 利潤
□	論争	ろんそう	'17	名 爭論

[常用動詞]

	單字	讀音	出題年	意思
□	飽きる	あ		動 厭倦
□	甘やかす	あま	'15	動 寵溺
□	抱く	いだ		動 懷抱
□	受け入れる	う い	'11	動 接受
□	覆う	おお	'17	動 覆蓋、掩蓋
□	納める	おさ	'16	動 繳納、收納
□	惜しむ	お		動 珍惜、惋惜
□	思いつく	おも	'15	動 想出、想起
□	叶う	かな	'11	動 實現
□	築く	きず		動 建築、構築
□	崩す	くず		動 崩塌、失去平衡
□	凍える	こご		動 凍僵
□	逆らう	さか	'14	動 違逆
□	さびる		'16	動 生鏽
□	しみる		'19	動 刺痛、浸染
□	生じる	しょう	'16	動 產生
□	属する	ぞく	'11	動 歸屬

19日 | 文字・語彙

🔊 081 必考單字文法記憶小冊_19日.mp3

☑ 把背不起來的單字勾起來，時時複習！

	讀音	單字	年份	詞性	中文
□	たた	畳む	'14	動	折疊
□		たまる		動	累積、儲蓄
□	たも	保つ	'10	動	維持
□	ち	散らかす	'12 '17	動	弄亂
□	つ	尽きる	'19	動	完結、用盡
□	つ	詰まる	'11	動	堵塞
□	つ	積もる		動	堆積、累積
□	と あ	問い合わせる	'12	動	詢問、查詢
□		どける		動	移開
□	はず	外す	'10	動	脫下、離開
□	は	果たす	'13	動	完成
□	ふさ	塞ぐ	'12	動	堵塞
□	ふ む	振り向く	'15	動	回顧
□	へだ	隔てる	'13	動	間隔、隔開
□	ま	混じる	'19	動	參雜、加入
□		めくる	'19	動	掀開、翻頁
□	よ と	呼び止める	'13	動	叫住
□	りゃく	略す	'12 '17	動	省略

[常用的い・な形容詞]

	讀音	單字	年份	詞性	中文
□		あわただしい	'13	い形	匆忙、忙碌
□	かがや	輝かしい	'15	い形	耀眼、輝煌
□		くどい	'18	い形	冗長、煩人
□	こころづよ	心強い	'12	い形	令人安心
□	こころよ	快い	'13 '16	い形	清爽、暢快
□	さわ	騒がしい	'19	い形	吵鬧、嘈雜
□		たくましい	'15	い形	健壯、堅韌
□		だらしない	'19	い形	邋遢、無節制
□	にぶ	鈍い	'18	い形	鈍、遲鈍
□		のろい		い形	遲緩、遲鈍
□	ひと	等しい	'19	い形	均等、等同
□	ふさわ	相応しい	'10 '19	い形	適合、相配
□	もの た	物足りない	'13	い形	不足
□	えんまん	円満だ		な形	圓滿
□	おおはば	大幅だ	'14	な形	大幅
□	おお	大まかだ		な形	粗糙、大略
□	おだ	穏やかだ	'17	な形	安穩、溫和
□		かすかだ	'13	な形	微弱、隱約
□	がんじょう	頑丈だ	'14	な形	堅固、牢固
□	き びん	機敏だ		な形	機敏
□	しっ そ	質素だ	'11	な形	簡樸
□	じゅうなん	柔軟だ	'15 '17	な形	柔軟、靈活
□	じゅんちょう	順調だ	'15 '16	な形	順利
□	しんこく	深刻だ	'10	な形	嚴重、重大
□	そっちょく	率直だ	'11	な形	直率
□	た さい	多彩だ	'18	な形	各式各樣
□	だ とう	妥当だ	'14	な形	妥當、適當
□	て	手ごろだ		な形	符合條件、方便取用
□	どんかん	鈍感だ		な形	遲鈍
□	のうこう	濃厚だ		な形	濃厚、醇厚

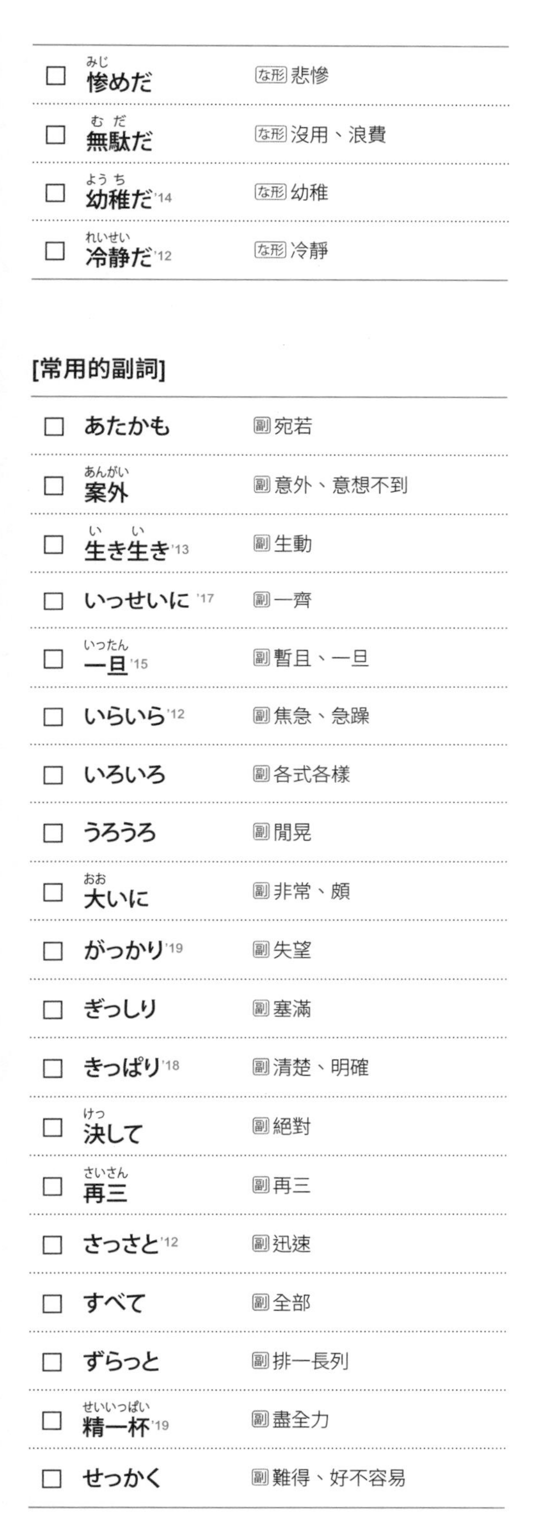

□	惨（みじ）めだ	な形 悲慘
□	無駄（むだ）だ	な形 沒用、浪費
□	幼稚（ようち）だ '14	な形 幼稚
□	冷静（れいせい）だ '12	な形 冷靜

[常用的副詞]

□	あたかも	副 宛若
□	案外（あんがい）	副 意外、意想不到
□	生（い）き生（い）き '13	副 生動
□	いっせいに '17	副 一齊
□	一旦（いったん） '15	副 暫且、一旦
□	いらいら '12	副 焦急、急躁
□	いろいろ	副 各式各樣
□	うろうろ	副 閒晃
□	大（おお）いに	副 非常、頗
□	がっかり '19	副 失望
□	ぎっしり	副 塞滿
□	きっぱり '18	副 清楚、明確
□	決（けっ）して	副 絕對
□	再三（さいさん）	副 再三
□	さっさと '12	副 迅速
□	すべて	副 全部
□	ずらっと	副 排一長列
□	精一杯（せいいっぱい） '19	副 盡全力
□	せっかく	副 難得、好不容易
□	せめて '11	副 至少
□	即座（そくざ）に '13 '19	副 立即、當場
□	たびたび '10 '16	副 經常、屢屢
□	当然（とうぜん）	副 當然
□	とうとう	副 最終
□	特（とく）に	副 特別
□	とっくに '11 '17	副 從很久以前
□	何回（なんかい）も	副 好幾次
□	はきはき	副 明確、爽快
□	ぺらぺら	副 流暢
□	ぼろぼろ	副 破爛、散落
□	やっと	副 終於、勉強
□	ようやく	副 終於
□	よほど	副 非常、甚
□	わざと	副 故意、特別
□	わりに	副 相比、與預期相較

☑ 把背不起來的單字勾起來，時時複習！

內容理解（短文）

[學習・工作]

	讀音	單字	詞性・中文
□	うちこ	打ち込む	動 打進、攻入
□	がくしゅう	学習	名 學習
□	がくもん	学問	名 學問
□	きょういく	教育	名 教育
□		コミュニケーション	名 溝通
□	さんこうしょ	参考書	名 參考書
□	しゃかいじん	社会人	名 社會人士
□	せんもんせい	専門性	名 專門性
□	そうだん	相談	名 商量
□	つうがく	通学	名 通學
□	ぶか	部下	名 部下
□	ほうこく	報告	名 報告
□		ミス	名 失誤
□	りかい	理解	名 理解
□	れんらく	連絡	名 聯絡

[休閒・生活]

	讀音	單字	詞性・中文
□	えんそう	演奏	名 演奏
□	おうえん	応援	名 應援
□	おんがくきょうしつ	音楽教室	名 音樂教室
□	おんせん	温泉	名 溫泉
□	かいしゃがえ	会社帰り	名 下班回家的路上
□	がっき	楽器	名 樂器
□	かよ はじ	通い始める	動 開始走
□	かんらん	観覧	名 觀賞
□	けいたいでんわ	携帯電話	名 手機
□		ごほうび	名 稱讚
□		しつけ	名 管教
□	しゅくはく	宿泊	名 住宿
□	しょうしか	少子化	名 少子化
□	せいけん	成犬	名 成犬
□	せんとう	銭湯	名 公共澡堂
□	そだ	育つ	動 養育
□	ちゅうこうねん	中高年	名 中老年
□	にちじょう	日常	名 日常
□	ねんぱい ひと	年配の人	名 老人
□		マッサージ	名 按摩
□	みずぎ	水着	名 泳衣
□	ゆうえんち	遊園地	名 遊樂園
□	ゆうせんせき	優先席	名 博愛座

[通知・信息]

	讀音	單字	詞性・中文
□	うむ	有無	名 有無
□	し	お知らせ	名 通知
□	かぎ	限り	名 僅限
□	きょうよう	共用	名 共用
□	けってい	決定	名 決定
□	さんか	参加	名 參加

- □ 失効（しっこう）　名 失效
- □ 実施（じっし）　名 實施
- □ 設置（せっち）　名 設置
- □ 全員（ぜんいん）　名 全員
- □ 撤去（てっきょ）　名 撤除、拆除
- □ 特典（とくてん）　名 特典
- □ 入場（にゅうじょう）　名 進場
- □ 発売（はつばい）　名 發售
- □ 付与（ふよ）　名 任務
- □ 本年（ほんねん）　名 今年
- □ 優待（ゆうたい）　名 優待

[銷售・產品]

- □ オンラインショップ　名 網路商店
- □ 金額（きんがく）　名 金額
- □ 購入（こうにゅう）　名 購買
- □ コーヒーマシン　名 咖啡機
- □ 差し上げる（さしあげる）　名 給
- □ 雑貨（ざっか）　名 雜貨
- □ 新商品（しんしょうひん）　名 新商品
- □ スマートフォン　名 智慧型手機
- □ 製品（せいひん）　名 產品
- □ 先行予約（せんこうよやく）　名 事前預約
- □ 掃除機（そうじき）　名 吸塵器
- □ 提供（ていきょう）　名 提供
- □ 値下げ商品（ねさげしょうひん）　名 降價商品
- □ 値段（ねだん）　名 價格
- □ 販売店（はんばいてん）　名 商店
- □ 無料（むりょう）　名 免費
- □ 求める（もとめる）　動 要求、尋找

內容理解（中文）

[健康・疾病]

- □ 命（いのち）　名 生命、性命
- □ うつ病（うつびょう）　名 憂鬱症
- □ 過労死（かろうし）　名 過勞死
- □ 恐怖症（きょうふしょう）　名 恐懼症
- □ 筋肉（きんにく）　名 肌肉
- □ 潔癖症（けっぺきしょう）　名 潔癖
- □ 状態（じょうたい）　名 狀態
- □ 心身（しんしん）　名 身心
- □ 睡眠時間（すいみんじかん）　名 睡眠時間
- □ ストレス　名 壓力
- □ ストレッチ　名 伸展
- □ 発症（はっしょう）　名 出現生病的症狀
- □ 病的だ（びょうてき）　な形 病態的、不健康的
- □ 不潔だ（ふけつ）　な形 不乾淨的

[讀書・考試]

- □ 外国語（がいこくご）　名 外語

🔊 083 必考單字文法記憶小冊_21日.mp3

☑ 把背不起來的單字勾起來，時時複習！

☐	会話	かいわ	名 會話
☐	関連	かんれん	名 關聯
☐	緊張	きんちょう	名 緊張
☐	結果	けっか	名 結果
☐	合格者	ごうかくしゃ	名 合格者
☐	好奇心	こうきしん	名 好奇心
☐	試験	しけん	名 測驗
☐	準備	じゅんび	名 準備
☐	準備時間	じゅんびじかん	名 準備時間
☐	人類	じんるい	名 人類
☐	水準	すいじゅん	名 水準
☐	絶対評価	ぜったいひょうか	名 主觀評價
☐	試す	ため	動 嘗試
☐	長続き	ながつづ	名 長久持續
☐	難易度	なんいど	名 難易度
☐	評価	ひょうか	名 評價
☐	本屋	ほんや	名 書店
☐	間違う	まちが	動 弄錯

[天氣・旅行]

☐	大雨	おおあめ	名 大雨
☐	外出	がいしゅつ	名 外出
☐	外部活動	がいぶかつどう	名 戶外活動
☐	気温	きおん	名 氣溫
☐	帰国	きこく	名 回國
☐	局地的	きょくちてき	名 當地的
☐	ゲリラ豪雨	ごうう	名 超大豪雨
☐	大都市	だいとし	名 大都市
☐	大陸	たいりく	名 大陸
☐	地域	ちいき	名 地域
☐	地方文化	ちほうぶんか	名 地方文化
☐	天気予報	てんきよほう	名 天氣預報
☐	土地	とち	名 土地
☐	日本列島	にほんれっとう	名 日本諸島
☐	濡れる	ぬ	動 弄濕
☐	花火	はなび	名 煙火
☐	人ごみ	ひと	名 擁擠
☐	風景	ふうけい	名 風景
☐	服装	ふくそう	名 服裝
☐	夕立	ゆうだち	名 驟雨、雷陣雨

[交流・生活]

☐	受け取る	う　と	動 接受
☐	考え方	かんが　かた	名 思考方式
☐	感心	かんしん	名 感動
☐	自分自身	じぶんじしん	名 自己
☐	自慢する	じまん	動 驕傲
☐	社会性	しゃかいせい	名 社會性
☐	大学時代	だいがくじだい	名 大學時代
☐	尋ねる	たず	動 問

	單字	詞性・中譯
□	誕生（たんじょう）	名 誕生
□	知恵（ちえ）	名 智慧
□	伝（つた）わり方（かた）	名 傳達方式
□	手伝（てつだ）う	動 幫忙
□	努力（どりょく）	名 努力
□	人間関係（にんげんかんけい）	名 人際關係
□	否定（ひてい）	名 否定
□	一言（ひとこと）	名 一個字、一句話
□	響（ひび）き方（かた）	名 傳播方式
□	ほめ言葉（ことば）	名 稱讚的言詞
□	動画（どうが）	名 動畫
□	発生（はっせい）	名 發生
□	費用（ひよう）	名 費用
□	役割（やくわり）	名 任務
□	有効性（ゆうこうせい）	名 有效性
□	予想（よそう）	名 預想
□	労働（ろうどう）	名 勞動

綜合理解

[科學・技術]

	單字	詞性・中譯
□	育成（いくせい）	名 教養
□	インターネット	名 網路
□	価値観（かちかん）	名 價值觀
□	クローン	名 複製人
□	現在（げんざい）	名 現在
□	現代社会（げんだいしゃかい）	名 現代社會
□	好転（こうてん）	名 變好
□	産業（さんぎょう）	名 產業
□	収益（しゅうえき）	名 收益
□	初期（しょき）	名 初期
□	大量（たいりょう）	名 大量
□	長所（ちょうしょ）	名 優點

[家事・休息]

	單字	詞性・中譯
□	安定（あんてい）	名 安定
□	買物（かいもの）	名 購物
□	片付（かたづ）ける	動 收拾、整理
□	考（かんが）え事（ごと）	名 思考的事
□	休憩（きゅうけい）	名 休息
□	食器（しょっき）	名 餐具
□	洗浄力（せんじょうりょく）	名 洗潔力
□	出（だ）し入（い）れ	名 存入提領
□	タテ型洗濯機（がたせんたくき）	名 直立式洗衣機
□	ドラム式洗濯機（しきせんたくき）	名 滾筒式洗衣機
□	能率（のうりつ）	名 效率
□	ひと休（やす）み	名 休息一下
□	不要（ふよう）だ	な形 不需要的
□	プライベートだ	な形 私人的、隱私的
□	干（ほ）す	動 烘乾、晾乾
□	満足感（まんぞくかん）	名 滿足感

22日 | 讀解

084 必考單字文法記憶小冊_22日.mp3

☑ 把背不起來的單字勾起來，時時複習！

- □ リフレッシュ　名 恢復精神、重新振作

內容理解（長文）

[流行・文化]

- □ アニメ映画（えいが）　名 動畫電影
- □ エキストラ　名 臨時演員、額外的
- □ 踊り手（おどりて）　名 舞蹈演員
- □ キャラクター　名 角色
- □ クラシックバレエ　名 古典芭蕾舞
- □ 芸能人（げいのうじん）　名 藝人
- □ 好む（このむ）　動 喜歡
- □ シナリオ　名 劇本、腳本
- □ 出演（しゅつえん）　名 出演
- □ 小説家（しょうせつか）　名 小說家
- □ 好き嫌い（すききらい）　名 喜歡討厭
- □ 大ヒット（だいヒット）　名 大受歡迎
- □ ダンサー　名 舞者
- □ 登場人物（とうじょうじんぶつ）　名 登場人物
- □ 場面（ばめん）　名 場面
- □ ミュージカル　名 音樂劇
- □ ランキング　名 排名
- □ ランクイン　名 排名

[情緒・心理]

- □ 愛情（あいじょう）　名 愛情
- □ 笑顔（えがお）　名 笑容
- □ かわいがる　動 疼愛
- □ かわいそうだ　な形 可憐的
- □ 興味深い（きょうみぶかい）　い形 有趣的
- □ 奇しくも（くしくも）　副 沒想到、不可思議
- □ 好意（こうい）　名 好意
- □ 孤独（こどく）　名 孤獨
- □ 親切だ（しんせつだ）　な形 親切的
- □ 心配（しんぱい）　名 擔心
- □ 善意（ぜんい）　名 善意
- □ 尊敬（そんけい）　名 尊敬
- □ 尊い（とうとい）　い形 寶貴的
- □ 懐かしい（なつかしい）　い形 懷念的
- □ 不快さ（ふかいさ）　名 不高興
- □ 迷惑（めいわく）　名 困擾
- □ 余裕（よゆう）　名 餘裕

情報検索

[時間・票價]

- □ 共通（きょうつう）　名 共通
- □ 授業時間（じゅぎょうじかん）　名 上課時間
- □ 授業料（じゅぎょうりょう）　名 學費
- □ 受講料（じゅこうりょう）　名 學費
- □ 使用（しよう）　名 使用
- □ 体験（たいけん）　名 體驗

	讀音	單字	詞性・中文
□	たんききょうしつ	短期教室	名 短期課程
□	てつづき	手続	名 手續
□	にゅうかい	入会	名 加入會員
□	はんがく	半額	名 半價
□	へいじつ	平日	名 平日
□	べっと	別途	名 另外、其他途徑
□	りょうきん	料金	名 費用
□	りようとうろく	利用登録	名 會員注冊
□	りょうほう	両方	名 兩者
□		レッスン	名 課程
□		レベル	名 程度、等級

[信息・使用]

	讀音	單字	詞性・中文
□	いっかい	一回	名 一次
□	かいすう	回数	名 次數
□	かのう	可能	名 可能
□	きかん	期間	名 期間
□	さいだい	最大	名 最大
□	じさん	持参	名 帶來
□	じぜん	事前	名 事前
□	とうじつ	当日	名 當天
□	まどぐち	窓口	名 窗口
□	みぶんしょう	身分証	名 身分證
□	めいぼ	名簿	名 名冊
□	よやく	予約	名 預約
□	りようじかん	利用時間	名 使用時間

[公告・招聘]

	讀音	單字	詞性・中文
□	あんないじょう	案内状	名 通知書、邀請函
□	おうそうだん	応相談	名 面議
□	かいしび	開始日	名 開始日
□	きゅうよ	給与	名 給予
□	きんむち	勤務地	名 工作地點
□	けいさぎょう	軽作業	名 不費力的工作、輕鬆事
□	じかんこうたいせい	時間交代制	名 排班
□	じかんこていせい	時間固定制	名 輪班
□	しきてん	式典	名 儀式、典禮
□	じきゅう	時給	名 時薪
□	しゅさい	主催	名 主辦方
□	じょうけん	条件	名 條件
□	しんや	深夜	名 深夜
□	そくじつばらい	即日払い	名 當天付款
□	たんき	短期	名 短期
□	ちゅうじゅん	中旬	名 中旬
□	ちょうき	長期	名 長期
□	ちょくつう	直通	名 直達
□	どにちしゅく	土日祝	名 週六、週日、例假日
□	とほ	徒歩	名 徒步

☑ 把背不起來的單字勾起來，時時複習！

問題理解

[職場]

	讀音	單字	詞性	中譯
□		アンケート	名	問卷
□	えいぎょうぶ	営業部	名	營業部
□	おおて	大手メーカー	名	知名企業
□	きかくしょ	企画書	名	企劃書
□		クライアント	名	客戶
□	こうこく	広告	名	廣告
□	こきゃく	顧客	名	顧客
□	してん	支店	名	分店
□	しゅうしょくせつめいかい	就職説明会	名	就職說明會
□		セミナー	名	研討會
□	たんとう	担当	名	負責人
□	ちほうしゅっちょう	地方出張	名	去外地出差
□	てはい	手配	名	安排
□	ぶちょう	部長	名	部長
□		フリー	名	自由職業者
□	めいし	名刺	名	名片

[教育・大學]

	讀音	單字	詞性	中譯
□	いんさつ	印刷	名	印刷
□	がくせいか	学生課	名	學生事務處
□	きゅうこう	休校	名	休學
□		クラブ	名	社團
□	けんしゅう	研修	名	研修
□	こうりゅうかい	交流会	名	交流會
□		サークル	名	社團
□	しつもんあ	質問し合う	動	互相問問題
□	しんにゅうせいかんげいかい	新入生歓迎会	名	新生歡迎會
□		スピーチ	名	演講
□	ちゅうおうとしょかん	中央図書館	名	中央圖書館
□	ていしゅつ	提出	名	提出
□	ぶんかこうりゅう	文化交流	名	文化交流
□		ボランティア	名	志工
□		メンバー	名	成員

[計算・接收]

	讀音	單字	詞性	中譯
□	いっぱんせき	一般席	名	一般座位
□	ばら	カード払い	名	刷卡
□		クレジットカード	名	信用卡
□	げんきん	現金	名	現金
□	ざいりょうひ	材料費	名	材料費
□	しはら	支払い	名	支付
□	しきび	締め切り日	名	截止日
□	しんさつ	診察	名	看診
□	ちゅう	セール中	名	特價中
□	たいしょうがい	対象外	名	不適用
□	たいしょうひん	対象品	名	適用商品
□	とく	得	名	優惠
□	とくべつせき	特別席	名	特別座

にゅうかいきん	入会金	名 入會費
にゅうじょうりょう	入場料	名 門票
ようしょく	洋食	名 洋食
わりびき	割引	名 折扣

重點理解

[商務・學習]

あっ か	悪化	名 惡化
かいはつ	開発	名 開發
か だい	課題	名 課題
	キャリア	名 職業
けんきゅうはっぴょう	研究発表	名 研究發表
こう ざ	講座	名 講座
	コミュニティーセンター	名 社區中心
しゅうちゅう	集中	名 集中
しゅっちょう	出張	名 出差
しょうひんせつめい	商品説明	名 商品說明
せったい	接待	名 接待
だんかい	段階	名 階段
てんしょく	転職	名 轉職
の かい	飲み会	名 酒會
	プロジェクト	名 專案
	ミーティング	名 會議

[商品・店鋪]

	イベント	名 活動
う あ	売り上げ	名 銷售量
かいてん	開店	名 開店
か もと	買い求める	動 購買
くば	配る	動 分送、分配
	サービス	名 服務
さいしんがた	最新型	名 最新型
しゅうねん	周年	名 週年
しゅるい	種類	名 種類
	スマホ	名 智慧型手機
ぜんぴん	全品	名 全部商品
	タッチペン	名 觸控筆
でん き てん	電気店	名 電器行
	パジャマ	名 睡衣
もの	ブランド物	名 名牌商品
	ペア	名 一對
らいてん	来店	名 光顧
	ロビー	名 大廳

[烹飪・家居]

あま	甘み	名 甜點、甜食
	アレルギー	名 過敏
	おかわり	名 再來一碗
か はじ	飼い始める	動 開始飼養

24日 | 聽解

086 必考單字文法記憶小冊_24日.mp3

☑ 把背不起來的單字勾起來，時時複習！

	單字	讀音	詞性	中文
□	管理人	かんりにん	名	管理人
□	スイカ		名	西瓜
□	朝食	ちょうしょく	名	早餐
□	鍋	なべ	名	鍋子
□	庭いじり	にわ	名	園藝
□	ネギ		名	蔥
□	早起き	はやお	名	早起
□	引っ越し会社	ひこがいしゃ	名	搬家公司
□	一人暮らし	ひとりぐ	名	獨居
□	深み	ふか	名	深度
□	ベランダ		名	陽台
□	マンション		名	公寓
□	桃	もも	名	桃子
□	レシピ		名	食譜

[災害・環境]

	單字	讀音	詞性	中文
□	慌てる	あわ	動	慌張
□	環境	かんきょう	名	環境
□	禁止	きんし	名	禁止
□	行動	こうどう	名	行動
□	ゴミ		名	垃圾
□	災害用バッグ	さいがいよう	名	防災包
□	地球	ちきゅう	名	地球
□	ハザードマップ		名	防災地圖
□	避難経路	ひなんけいろ	名	避難路線

	單字	讀音	詞性	中文
□	ビニール傘	がさ	名	塑膠傘
□	不安	ふあん	名	不安

概要理解

[商店・設施]

	單字	讀音	詞性	中文
□	お客様	きゃくさま	名	客人
□	おしゃれだ		な形	時髦的
□	管理	かんり	名	管理
□	車椅子	くるまいす	名	輪椅
□	劇場	げきじょう	名	劇場
□	資金	しきん	名	資金
□	照明	しょうめい	名	照明
□	シンプルだ		な形	簡單的
□	整備	せいび	名	維護
□	底	そこ	名	底部
□	美容	びよう	名	美容
□	町中	まちなか	名	鎮上
□	流行	りゅうこう	名	流行
□	和食の店	わしょくみせ	名	和食店

[護理・食品]

	單字	讀音	詞性	中文
□	アサイー		名	巴西莓
□	育児休暇	いくじきゅうか	名	育嬰假
□	好み	この	名	喜好
□	三食	さんしょく	名	三餐

□	新鮮だ（しんせん）	な形 新鮮的
□	生活習慣（せいかつしゅうかん）	名 生活習慣
□	たたむ	動 折疊、關上
□	抱っこ（だ）	名 抱
□	タピオカ	名 珍珠
□	チーズドック	名 起司熱狗堡
□	昼食（ちゅうしょく）	名 午餐
□	定食（ていしょく）	名 定食
□	煮魚（にざかな）	名 魚湯
□	ベビーカー	名 嬰兒車

[興趣・愛好]

□	イルカツアー	名 賞海豚行程
□	描く（か）	動 描繪
□	観客（かんきゃく）	名 觀眾
□	観光客（かんこうきゃく）	名 觀光客
□	作品（さくひん）	名 作品
□	シーン	名 舞台、情景
□	主役（しゅやく）	名 主演
□	スタジアム	名 體育場
□	大会（たいかい）	名 大會
□	ダンス	名 跳舞
□	テレビドラマ	名 電視劇
□	ブログ	名 部落格
□	文章化（ぶんしょうか）	名 文章化
□	ラグビー	名 橄欖球
□	ワールドカップ	名 世界杯

[自然]

□	影響（えいきょう）	名 影響
□	過疎化（かそか）	名 稀少化
□	近年（きんねん）	名 近年
□	クマ	名 熊
□	重要性（じゅうようせい）	名 重要性
□	農家（のうか）	名 農家
□	農業（のうぎょう）	名 農業
□	プラスチック	名 塑膠
□	減る（へ）	動 減少
□	変化（へんか）	名 變化
□	実（み）	名 果實
□	野生（やせい）	名 野生
□	有害（ゆうがい）	名 有害

[上班・上學]

□	オリエンテーション	名 新生訓練
□	会社員（かいしゃいん）	名 上班族
□	関係者（かんけいしゃ）	名 關係者
□	企業（きぎょう）	名 企業
□	時間管理（じかんかんり）	名 時間管理
□	社員（しゃいん）	名 員工

25日 | 聽解

☑ 把背不起來的單字勾起來，時時複習！

	單字	詞性・中文
□	社内（しゃない）	名 公司內
□	就活（しゅうかつ）	名 就職活動
□	就職（しゅうしょく）	名 就職
□	出版社（しゅっぱんしゃ）	名 出版社
□	スケジュール	名 行程
□	全力（ぜんりょく）	名 全力
□	当社（とうしゃ）	名 本公司
□	取引先（とりひきさき）	名 客戶、有往來的公司

即時應答

[日常生活]

	單字	詞性・中文
□	以降（いこう）	名 以後
□	いずれ	副 任何一個
□	今さら（いま）	副 事到如今
□	いらいらする	動 焦躁、不耐煩
□	送る（おく）	動 送
□	怒られる（おこ）	動 被罵、挨罵
□	思わず（おも）	副 想都沒想
□	先ほど（さき）	副 先前
□	自信作（じしんさく）	名 自信之作
□	たしかに	副 確實
□	助かる（たす）	動 幫助
□	引っ張る（ひ・ぱ）	動 拉、牽引
□	雰囲気（ふんいき）	名 氣氛
□	忘年会（ぼうねんかい）	名 年終聚會
□	めったに	副 幾乎、不常
□	わざわざ	副 特地

[上課・假日]

	單字	詞性・中文
□	打ち合わせ（う・あ）	名 碰面
□	確認（かくにん）	名 確認
□	超える（こ）	動 超過
□	作業（さぎょう）	名 作業
□	時間内（じかんない）	名 時間之內
□	事務室（じむしつ）	名 事務室
□	修正（しゅうせい）	名 修正
□	遅刻（ちこく）	名 遲到
□	当番（とうばん）	名 值班
□	解く（と）	動 解開
□	バイト	名 打工
□	物理（ぶつり）	名 物理
□	報告書（ほうこくしょ）	名 報告書
□	まとめる	動 統整
□	満足（まんぞく）	名 滿足
□	メール	名 電子郵件
□	文字（もじ）	名 文字

綜合理解

[觀光・購物]

	單字	詞性・中文
□	移動（いどう）	名 移動

	單字	詞性	中譯
☐	おすすめ	名	推薦
☐	おもちゃ屋（や）	名	玩具店
☐	価格（かかく）	名	價格
☐	観光（かんこう）	名	觀光
☐	コスト	名	成本
☐	質（しつ）	名	品質
☐	市内（しない）	名	市內
☐	新製品（しんせいひん）	名	新產品
☐	性能面（せいのうめん）	名	性能方面
☐	手頃（てごろ）だ	な形	適合的
☐	泊（と）まる	動	住
☐	博物館（はくぶつかん）	名	博物館
☐	文化遺産（ぶんかいさん）	名	文化遺產
☐	予算（よさん）	名	預算
☐	旅行会社（りょこうがいしゃ）	名	旅行社

[説明・介紹]

	單字	詞性	中譯
☐	書（か）き方（かた）	名	寫法
☐	限（かぎ）る	動	限制
☐	可能性（かのうせい）	名	可能性
☐	機能指導（きのうしどう）	名	機能指導
☐	希望（きぼう）	名	希望
☐	基本的（きほんてき）だ	な形	基本的
☐	資料（しりょう）	名	資料
☐	楽（たの）しめる	動	享受
☐	使（つか）い方（かた）	名	使用方法
☐	得意（とくい）だ	な形	擅長的
☐	速（はや）い	い形	速度快的
☐	秘訣（ひけつ）	名	秘訣
☐	方法（ほうほう）	名	方法
☐	目標（もくひょう）	名	目標
☐	楽（らく）だ	な形	輕鬆的

[討論・意見]

	單字	詞性	中譯
☐	解決（かいけつ）	名	解決
☐	ギリギリだ	な形	差一點點的、勉強的
☐	組（く）む	名	集合
☐	効果（こうか）	名	效果
☐	賛成（さんせい）	名	贊成
☐	絶対（ぜったい）	副	絕對
☐	それなら	接	那麼
☐	ただ	副	只是
☐	提案（ていあん）	名	提案
☐	発表（はっぴょう）	名	發表
☐	標準的（ひょうじゅんてき）だ	な形	標準的
☐	不自由（ふじゆう）だ	な形	不自由的
☐	増（ふ）やす	動	增加
☐	方式（ほうしき）	名	方式
☐	迷（まよ）う	動	迷惘
☐	問題点（もんだいてん）	名	問題點

☑ 把背不起來的句型勾起來，時時複習！

接在名詞後面的句型

□ **～からして** 從…就	この映画はタイトルからして面白そうなので公開が楽しみだ。 這部電影光看標題就感覺很有趣，所以我很期待它上映。
□ **～からすると/～からすれば** 從…來看	部長の性格からすると、許可してくれるはずがない。 從部長的個性來看，他不可能會同意。
□ **～さえ…ば** 只要…就	あなたさえよければ日程を変更してもかまいません。 只要你沒問題，更改日期也沒有關係。
□ **～次第で** 依…、由…	私の努力次第で、人生が決まると思ってるよ。 我認為我的人生是依我所付出的努度而定的。
□ **～だって** 連…	そんな難しいことは教授だって知らないだろう。 這麼難的事就連教授也不知道吧。
□ **～だらけ** 滿是、淨是	戦争から帰ってきた彼の体は傷だらけだった。 從戰場上回來的他遍體鱗傷。
□ **～でしかない** 不過是…	彼女は有名な俳優だが、引退したら一人の人間でしかない。 即使她是知名演員，引退後也不過就是一個普通人。
□ **～といえば** 說到…、提到…	青森といえば、リンゴが思い浮かびます。 說到青森，就會想到蘋果。
□ **～といった** 等的…	この大学はアメリカ、中国、ロシアといった外国の学校と交流している。 這間大學有跟美國、中國、俄羅斯等國外學校進行交流。
□ **～といっても** 雖說…	昔のゲームといっても、今でも人気のゲームがたくさんある。 有很多遊戲雖然是以前推出的，但現在卻仍然很受歡迎。

□	**～として/～としては/～としても** 作為／作為／即使…也	彼はリーダーとして何か物足りないと思います。 我覺得他作為領導者有些什麼不足之處。
□	**～とともに** 和…一起	時代の変化とともに言語も人々の考え方も変わってきた。 隨著時代變化，語言與人們的思考方式也有所改變。
□	**～において** 在…方面	生物学において彼女より詳しい人はいません。 在生物學領域，沒有人懂得比她更多。
□	**～に限って** 只有…、偏偏	いつも忙しい時に限って電話がかかってくる。 總偏偏在忙碌的時候有電話打來。
□	**～にかけては/～にかけても** 在…方面、論…	足の速さにかけては誰にも負けない自信があります。 論跑步速度，我有自信不輸給任何人。
□	**～に関して** 有關…	授業内容に関して質問がある人は研究室に来てください。 關於授課內容，有問題的人請來研究室。
□	**～に加えて** 加上…、而且…	連日にわたる大雨に加えて台風まで近づいてきた。 除了連日的大雨之外，連颱風都接近這裡了。
□	**～にこたえて** 因應…、根據…	妹は家族の期待にこたえて、大企業に就職した。 妹妹不負家族的期待，進到大企業工作了。
□	**～にしたら** 作為…來說、對…來說	彼にしたらその提案はかえって迷惑だったかもしれません。 對他來說，那項提案可能反而造成了不便。

☑ 把背不起來的句型勾起來，時時複習！

□	**～に備(そな)えて** 為了…做準備	地震(じしん)**に備(そな)えて**避難訓練(ひなんくんれん)を実施(じっし)する必要(ひつよう)がある。 為了因應地震來襲，有必要實施避難訓練。
□	**～にそって/～にそい** 沿著…、按照…	説明書(せつめいしょ)に書(か)いてある順番(じゅんばん)**にそって**設置(せっち)してください。 請按照說明書所寫的順序進行設置。
□	**～に対(たい)する** 對…的	物価上昇(ぶっかじょうしょう)**に対(たい)する**国民(こくみん)の不満(ふまん)が高(たか)まっている。 國民對物價上漲的不滿持續高漲。
□	**～にとって** 對於…來說	政治家(せいじか)**にとって**この機会(きかい)は成功(せいこう)への近道(ちかみち)である。 對政治家來說，這次的機會是通往成功的捷徑。
□	**～に反(はん)して** 與…相反	専門家(せんもんか)の予想(よそう)**に反(はん)して**、今年(ことし)の輸出(ゆしゅつ)はさらに減少(げんしょう)した。 與專家預測相反，今年的出口量進一步減少了。
□	**～にほかならない** 正是…、不外乎是…	夫婦(ふうふ)にとって最(もっと)も大事(だいじ)なのは、信頼(しんらい)と尊敬(そんけい)**にほかならない**。 對夫妻而言最重要的，不外乎是信賴與尊敬。
□	**～に基(もと)づいて** 根據…、基於…	交通(こうつう)カードの利用情報(りようじょうほう)**に基(もと)づいて**、バス路線(ろせん)を調整(ちょうせい)した。 根據交通卡的使用資訊調整了公車路線。
□	**～によって** 由於…、因為…	最近(さいきん)気温(きおん)の変化(へんか)**によって**風邪(かぜ)を引(ひ)く人(ひと)が増(ふ)えている。 最近因氣溫變化而感冒的人持續增加。
□	**～にわたって** 在…範圍內	花火大会(はなびたいかい)が９月(がつ)22日(にち)、23日(にち)の二日間(ふつかかん)**にわたって**開催(かいさい)される。 煙火大會在9月22日、23日兩天期間內舉行。
□	**～のことだから** 因為…（判斷依據）	いつも遅刻(ちこく)する彼女(かのじょ)**のことだから**、きっと遅(おく)れてくるだろう。 因為她總是遲到，這次大概也會晚到吧。

☐ **～のもとで/～のもとに**
在…之下

この動物(どうぶつ)は国(くに)の管理(かんり)**のもとで**保護(ほご)されています。
這個動物園在國家的管理之下受到保護。

☐ **～はさておき**
暫不提…

費用(ひよう)の問題(もんだい)**はさておき**、まずは場所(ばしょ)を決(き)めましょう。
暫不提費用問題，我們先決定地點吧。

☐ **～はともかく**
姑且不論

その人(ひと)の性格(せいかく)**はともかく**、この仕事(しごと)に合(あ)うかが重要(じゅうよう)だ。
先不論個性，他適不適合這個工作才是重要的。

☐ **～を通(とお)して**
通過…、透過…

二人(ふたり)はサークル活動(かつどう)**を通(とお)して**知(し)り合(あ)ったそうです。
聽說兩人是通過社團活動認識的。

☐ **～をとわず**
不論…、不管…

我(わ)が社(しゃ)は学歴(がくれき)**をとわず**、人柄(ひとがら)と能力(のうりょく)をもとに採用(さいよう)します。
敝公司不看學歷，只依據人品及能力選才。

☐ **～を抜(ぬ)きにして(は)**
撇開…

この優勝(ゆうしょう)は彼(かれ)**を抜(ぬ)きにしては**語(かた)れません。
這次的勝利如果沒有他是不可能的。

☐ **～を除(のぞ)いて(は)**
除了…之外

クラスの学生(がくせい)は私(わたし)**を除(のぞ)いて**みんな日本人(にほんじん)だった。
班上的同學除了我之外，大家都是日本人。

☐ **～をはじめ**
以…為首、…以及

この本(ほん)は、茶道(さどう)**をはじめ**、色々(いろいろ)な日本文化(にほんぶんか)について書(か)いてある。
這本書寫的內容是關於以茶道為首的各種日本文化。

☐ **～をめぐって**
圍繞…、關於…

失敗(しっぱい)の責任(せきにん)**をめぐって**、委員会(いいんかい)が開(ひら)かれた。
就失敗的責任歸屬召開了委員會。

089 必考單字文法記憶小冊_27日.mp3

☑ 把背不起來的句型勾起來，時時複習！

接在動詞後面的句型

	句型	例句
□	**～たあげく** 最後…、結果…	一週間も悩んだあげく、しばらく引越さないことにした。 煩惱了一個星期之後，決定暫時不要搬家。
□	**～た以上** 既然…	進学すると決めた以上、きちんと準備しなければならない。 既然決定繼續升學，就必須好好準備。
□	**～たかと思うと/～たかと思ったら** 才剛…就	落ち込んで泣いていたかと思ったら、今度は笑い始めた。 才剛因心情低落而哭泣，現在就又露出笑容了。
□	**～たすえに** 經過…最後	色々考えたすえに私たちは離婚することにした。 經過深思熟慮後我們決定離婚。
□	**～たところ** 之後…（契機）	配送が可能か問い合わせたところ、できないと言われた。 詢問是否能夠運送後，對方回答無法。
□	**～たところだ** 剛剛…	さっき夕食を食べたところで、お腹がいっぱいです。 我剛剛才吃過晚餐，肚子非常飽。
□	**～たとたん** 剛…的瞬間	泥棒は警察を見たとたん、びっくりして逃げ出した。 小偷一看到警察就嚇了一跳，連忙逃跑。
□	**～ている** 正在…、已經…、反覆動作、狀態	政府は今、少子高齢化の対策を考えている。 政府現在正在思考少子高齡化的對策。
□	**～てから** …然後、…之後	集合時間を決めてから自由行動をしましょう。 決定好集合時間後就自由行動吧。
□	**～てからでないと** 如果不…	身分を確認してからでないと入場できません。 如果不先確認身分無法入場。

□ **～てからにする**
…之後再進行

出発は全員揃ってからにしますので、もうしばらく待機しましょう。
因為要等全員到齊後才出發，我們稍等一下吧。

□ **～てしまう**
表示遺憾、困擾、後悔等感嘆

彼は長時間の労働による過労のせいか急に倒れてしまった。
他似乎是因為長時間勞動導致的過勞而突然倒下了。

□ **～てほしい**
想要…、希望…

これは重要事項なので何回もチェックしてほしいです。
因為這是重要事項，希望你反覆檢查。

□ **～てみる**
試試…

たとえ失敗するとしても一度挑戦してみた方がいい。
即使會失敗，還是試著挑戰一次比較好。

□ **～ても～なくても**
不管…、不論…

今更準備してもしなくてもたぶん結果は同じだと思う。
事到如今不管準備不準備大概都會是同樣的結果。

□ **～てもいい**
可以…

すみません、この本をちょっと借りてもいいでしょうか。
不好意思，請問我可以借一下這本書嗎？

□ **～てはじめて**
在…之後才

実家を離れてはじめて親のありがたさが分かった。
離開老家之後才知道要感謝父母。

□ **～あまり**
過度

時間がなくて急いだあまり、財布を忘れてしまった。
因為沒時間而過於匆忙，結果忘了帶錢包了。

□ **～一方だ**
越來越…、持續…

アプリ業界の技術競争が激しくなる一方だ。
應用程式業界的技術競爭持續白熱化。

□ **～上は**
既然…就…

会社を立ち上げる上は、相当な準備が必要だ。
既然決定成立公司，就必須做好相應的準備。

☑ 把背不起來的句型勾起來，時時複習！

	句型	例句
□	**～ことはない/～こともない** 不需要…	それほど怖い人ではないから緊張する**ことはない**よ。 他不是那麼恐怖的人，不需要緊張。
□	**～ことなく** 不…	お父さんは家族のために、週末も休む**ことなく**働いている。 為了家人，父親連週末也持續工作不休息。
□	**～しかない/～しかあるまい** 只好…	電車が延着したので、家まで歩いて帰る**しかない**。 因為電車誤點了，只好走路回家。
□	**～よりほかない** 只能…、只好…	正しくない規則でも従う**よりほかない**です。 就算是不正確的規則，也只能遵守。
□	**～までもない** 用不著…、無須…	彼女が世界一の選手であることは言う**までもない**。 不用說，她當然是世界第一的選手。
□	**～まま(に)** 隨意…、任憑…	旅行中は足の向く**まま**気の向く**まま**歩き回った。 旅行時隨心所欲地到處逛。
□	**～わけにはいかない** 不能…	決勝進出のため、この試合は負ける**わけにはいかない**。 為了進總決賽，這場比賽絕不能輸。
□	**～か～ないかのうちに** 剛…就…	演劇が終わる**か**終わら**ないかのうちに**立ち上がって拍手をした。 舞台劇一結束就馬上起立鼓掌。
□	**～かのようだ** 就好像…似的	彼は靴の紐を結ぶ**かのように**その場にしゃがみこんだ。 他當場蹲了下來，好像在綁鞋帶似的。
□	**～からには/～からは** 既然…	留学する**からには**、その国の文化を体験したほうがいい。 既然都留學了，體驗一下那個國家的文化會比較好。

☐ **～ことがある**
1.有時…
2.曾經…過

たまに顔も洗わないで寝る**ことがあります**。
我有時會不洗臉直接睡覺。

☐ **～ことにする**
決定…

外国人の友達を作るため、交流会に参加する**ことにした**。
為了交到外國朋友，我決定參加交流會。

☐ **～とおりに**
按照…

今は親の言う**とおりに**することにした。
決定現在按照父母說的做。

☐ **～べきだ**
應該…

親に物を拾ったら持ち主に返す**べきだ**と言われた。
父母說如果撿到東西就應該要還給失主。

☐ **～ほうがよかった**
如果…就好了

彼女にとっては今の仕事を続けるよりも転職する**ほうがよかった**。
對她來說，比起繼續做現在的工作，如果當初有換工作會比較好。

☐ **～ようにする**
設法做到…

課題を明日までには提出する**ようにして**ください。
請盡量在明天之前交出作業。

☐ **～得る/得る**
能…、可能…

どんなに気を付けていたとしても事故は起こり**得る**。
不管再怎麼注意，還是有可能發生意外。

☐ **～かけの**
做一半的…、沒做完的…

食べ**かけの**パンを置いたまま出かけて、母に怒られた。
我把吃到一半的麵包擺著就出門了，因此被媽媽罵了。

☐ **～がたい**
難以…、不可…

彼はいつも怒ったような顔をしていて、近寄り**がたい**。
他總是露出一副彷彿在生氣的表情，讓人難以接近。

☐ **～かねる**
不能…、難以…

課長の意見ですが、私としては賛成し**かねます**。
我無法贊同課長的意見。

28日 | N2必考句型

🔊 090 必考單字文法記憶小冊_28日.mp3

☑ 把背不起來的句型勾起來，時時複習！

	句型	例句
☐	**～かねない** 很可能…	彼女のあいまいな言い方は誤解を招き**かねない**。 她模稜兩可的說話有可能導致他人誤解。
☐	**～そうもない/** **～そうにない** 不可能…	こんな給料では、20年働いても自分の家を買え**そうもない**。 這樣的薪水，就算工作20年也不太可能買間屬於自己的房子。
☐	**～つつ** 一邊…一邊…、儘管…	彼女はダイエットするといい**つつ**、運動は絶対しない。 雖然她說要節食減肥，卻絕對不運動。
☐	**～つつある** 正在…	手術が成功した後、おじいさんの病気は回復し**つつある**。 手術成功後，爺爺的病況持續在好轉中。
☐	**～っこない** 不可能…	一人で10人前を食べるなんて、でき**っこない**よ。 一個人根本不可能吃下十人份的餐點。
☐	**～次第** 依…而定、立刻	連絡が入り**次第**、すぐにお伝えします。 我一接到聯絡就馬上告訴您。
☐	**～ようがない/** **～ようもない** 無法…	いくら考えてみても顧客を納得させ**ようがない**。 不管再怎麼想都無法獲得顧客的認可。
☐	**～ざるを得ない** 不得不…	論理的な彼の話を聞いて、私が間違っていたと認め**ざるを得なかった**。 聽了他有邏輯的發言後，我不得不承認自己錯了。
☐	**～ないかぎり** 除非…否則…	努力し**ないかぎり**、志望大学には合格できない。 除非努力，否則無法考上志願的大學。
☐	**～ないかな** 多希望…、不知會不會…	今年の誕生日にはお兄さんがカバンを買ってくれ**ないかな**。 今年生日不知道哥哥會不會買一個包包給我呢？

	句型	例句
□	**～ないことには** 如果不…	自分で体験してみないことには何も身につかない。 如果不親自體驗過，就無法學到任何技能。
□	**～ないではいられない/～ずにはいられない** 不得不…	すごく寒くて、暖房をつけないではいられなかった。 實在太冷了，不得不開暖氣。
□	**～ないでもない** 並非不…	気持は理解できないでもないが、さっきは君が悪かったと思う。 我並不是無法理解你的心情，但我認為剛剛是你錯了。
□	**～ないように** 盡量不…	公共の場では人に迷惑をかけないように注意しなさい。 在公共場合請注意盡量不要造成他人困擾。
□	**～ずに** 不…	医者は何も食べずに薬を飲んではいけないと言った。 醫生說吃藥前不能什麼都不吃。
□	**～も…ば** …的話	この本の厚さなら1日もあれば余裕で読み終える。 以這本書的厚度來看，只要一天就能輕鬆讀完了。
□	**～(よ)うとする** 即將…	寝ようとしたら友達が遊びに来て全然眠れなかった。 朋友在我正準備睡覺時過來玩，讓我完全睡不著。
□	**～(よ)うものなら** 如果…的話	また失敗をしようものなら、首になってしまうよ。 如果又失敗的話，會被開除喔。

N2必考句型

☑ 把背不起來的句型勾起來，時時複習！

接在各種詞類後面的句型

☐ **～以来**

…以後、…以來

1 事故**以来**、車に乗ることが怖くなってしまった。
自車禍以後，變得害怕搭車。

2 東京に来**て以来**、地元には一度も帰っていません。
到東京來之後，一次也沒有回去故鄉過。

☐ **～うえで**

1.根據…
2.在…時
3.在…之後

1 夫婦は同じ姓を使用することが法律の**うえで**決められている。
法律上規定夫妻需使用同樣姓氏。

2 学校生活を送る**うえで**友達と喧嘩しないことは重要である。
在學校生活中重要的是不要跟朋友吵架。

3 安全だと判断し**たうえで**許可を出しています。
判斷是安全的之後才給出許可。

☐ **～おそれがある**

有…危險、恐怕…

1 そのビルは崩壊の**おそれがある**ので、ただいま立ち入り禁止です。
那棟大樓現在有倒塌的危險，現在開始禁止進入。

2 売上の減少が続くと、倒産する**おそれがある**。
營業額持續減少的話，恐怕會倒閉。

☐ **～がちだ**

經常…、有…的傾向

1 幼い頃から野菜嫌いで偏食ばかりしているので便秘**がちだ**。
因為從小就不喜歡吃青菜、非常偏食，所以經常便秘。

2 ストレスを受けたときは辛いものを食べ**がちに**なる。
感受到壓力時會偏好吃辣的食物。

☐ **～きり**

1.只有…
2.一直…
3.一…就再也沒…

1 一度**きり**しかない人生、後悔はしたくありません。
僅有一次的人生，我不想要有後悔。

2 発表の準備を友達に任せ**きり**になって申し訳なく思う。
報告的準備總是交給朋友，覺得非常抱歉。

3 友達は、「着いたら連絡する」と言っ**たきり**、まだ連絡がない。
朋友說「到了之後聯絡你」之後，就沒有再聯絡我了。

☐ **～ことになる**

決定…、換言之…

1 今日も来ないとすると三日連続で欠席という**ことになります**ね。
如果今天也沒有來的話，就是三天連續缺席了。

2 インフルエンザが流行していて始業日を延期する**ことになった**。
因為流行性感冒擴散，決定延後開學日。

☐ **～最中**
正在…、…中途

1 試験の**最中**に地震が起こって、急いで机の下に避難した。
考試中途發生地震，趕緊躲到桌子下避難。

2 社長が話している**最中**に携帯を見て怒られた。
因為在社長說話時看手機而被罵。

☐ **～ついでに**
順便…

1 アルバイトの**ついでに**ショッピングをして帰ってきた。
打工完順便購物後，再回到家裡。

2 図書館に本を借りに行く**ついでに**、読み終わった本を返した。
去圖書館借書，順便歸還看完的書。

3 旅行先を決めた**ついでに**ホテルの予約もその場で終わらせた。
決定旅行目的地的同時，順便也當場預定好了旅館。

☐ **～にあたって/～にあたり**
在…的情況下、在…的時候

1 海外移住**にあたって**、ビザの取得などすべきことが山積みです。
要移居海外時，諸如取得簽證等應做的準備相當繁多。

2 事業を始める**にあたり**、皆さんにお願いがあります。
在創業之際，有件事想拜託各位。

☐ **～にしたがって**
按照…、隨著…

1 コーチの指示**にしたがって**、チームのスケジュールを組む。
按照教練的指示排定隊伍的行程。

2 社会が発展する**にしたがって**、社会問題も発生している。
隨著社會發展，社會問題也屢屢發生。

☐ **～につれて**
隨著…、伴隨…

1 物価の上昇**につれて**、人々はより消費を控えるようになった。
隨著物價上漲，民眾的消費都變得更節制。

2 親子の対話は年齢が上がる**につれて**減少する傾向がある。
親子間的對話有隨著年齡增長而減少的傾向。

☐ **～にともなって**
隨著…、伴隨…

1 地球温暖化**にともなって**、世界各地で火災が増えている。
隨著地球暖化，世界各地的火災都在增加。

2 オリンピックを開催する**にともなって**競技場を改修した。
隨著奧運的舉辦，重新整修了競技場。

29日 | N2必考句型

091 必考單字文法記憶小冊_29日.mp3

☑ 把背不起來的句型勾起來，時時複習！

接在各種詞類後面的句型

☐ **～うえに**
而且…、加上…

1 そのデータは誤りであるうえに測定方法も間違っていた。
這個數據有錯誤，而且量測方法也錯了。

2 彼はハンサムなうえに成績も優秀である。
他長得英俊，成績又很優秀。

3 低気圧のせいで頭が痛いうえに吐き気までする。
因為身體狀況不好，除了頭痛外甚至還想吐。

4 ネットで調べたうえに、関連書籍も数冊読んでおきました。
除了用網路查之外，還讀了好幾本相關書籍。

☐ **～うちに**
在…之內、趁…的時候

1 世界の平均気温が21世紀のうちに５度も上昇するそうだ。
聽說世界平均氣溫在21世紀之內上升了5度。

2 状況がこちらに有利なうちに少しでも多く得点を獲得しよう。
趁著狀況對我們有利時，盡可能多拿一些分數吧。

3 早いうちに問題を解決するためにみんなで意見を出しましょう。
為了盡早解決問題，大家一起提出意見吧。

4 普段からパスワードは忘れないうちにメモに書いています。
平常就會在還沒忘記密碼前，就把密碼寫在記事本上。

☐ **～おかげで**
幸虧…、多虧…、因為…

1 不登校だった私は、いい先生のおかげで無事卒業できた。
過去逃學的我，多虧遇到了好老師才能平安畢業。

2 部屋が静かだったおかげでよい睡眠がとれて疲れが吹き飛んだ。
幸虧房間很安靜，我好好睡了一覺，疲勞一消而散。

3 校長の話が短かったおかげで早く集会が終わった。
因為校長的發言很短，集會很快就結束了。

4 虫歯を抜いたおかげで痛みがなくなり快適な生活を手に入れた。
因為拔掉了智齒，我不再疼痛，也擁有了更舒適的生活。

□ **～かぎり**
盡量…、在…範圍內

1 あの性格（せいかく）の**かぎり**秘密（ひみつ）を隠（かく）しておくことはできなさそうだ。
以他的那種個性來看，好像無法隱瞞秘密。

2 実現可能（じつげんかのう）である**かぎり**、私（わたし）は夢（ゆめ）を追（お）いかけ続（つづ）ける。
只要有可能實現，我就會持續追夢。

3 確実（かくじつ）な証拠（しょうこ）がない**かぎり**犯人（はんにん）として逮捕（たいほ）することは難（むずか）しい。
在沒有確切證據的狀況下，很難將他做為犯人逮捕。

4 交通規制（こうつうきせい）をする**かぎり**違反者（いはんしゃ）の数（かず）は今後（こんご）も増（ふ）えないだろう。
只要確實執行交通規範，違規者的數量今後應該也不會增加吧。

□ **～かというと/～かといえば**
要說是不是…

1 深刻（しんこく）な悩（なや）み**かというと**そうでもないので、心配（しんぱい）しないでください。
硬要說的話其實也不是很重大的煩惱，所以請不要擔心。

2 家事（かじ）が得意（とくい）**かといえば**正直得意（しょうじきとくい）な方（ほう）ではありません。
要說我擅不擅長做家事，其實我並沒有很擅長。

3 暇（ひま）だから見（み）ているだけで面白（おもしろ）い**かといえば**特別面白（とくべつおもしろ）くはない。
只是因為閒著沒事才看的，要說有不有趣，其實也沒有特別有趣。

4 なんで約束（やくそく）に遅刻（ちこく）した**かというと**30分寝坊（ぷんねぼう）したからです。
要說我為什麼遲到，是因為我睡過頭30分鐘。

□ **～かどうか**
是否…

1 ここに落（お）ちているハンカチが彼（かれ）の物（もの）**かどうか**確認（かくにん）してくれる？
你可以幫我確定掉在這裡的手帕是不是他的嗎？

2 本気（ほんき）**かどうか**なんてその人（ひと）の目（め）を見（み）ればすぐにわかります。
只要看那個人的眼睛，馬上就可以知道他是不是真心的。

3 結婚（けっこん）がいい**かどうか**実際（じっさい）にしてみるまで想像（そうぞう）もできません。
結婚到底好不好，沒有實際試試看也無法想像。

4 明日（あした）、部長（ぶちょう）が会議（かいぎ）に参加（さんか）する**かどうか**ご存（ぞん）じですか。
您知道明天部長是否會參加會議嗎？

☑ 把背不起來的句型勾起來，時時複習！

☐ **～かもしれない**
也許…

1 この状況では、これが唯一の解決法かもしれない。
在這個狀況下，這也許是唯一的解決辦法。

2 ウイルスは流行しており、事態は想像以上に深刻かもしれない。
病毒正在流行，事態可能比想像的更加嚴重。

3 自分は大丈夫だという思い込みは危ないかもしれない。
堅信自己沒問題的想法也許很危險。

4 まだ悩んではいますが、次の面接は受けるかもしれないです。
雖然我還在煩惱，不過我可能會參加下一次的面試。

☐ **～からこそ**
正是因為…

1 一生に一度のイベントだからこそ一番きれいな姿でいたい。
正因為是一生只有一次的事，才想要呈現最漂亮的姿態。

2 携帯電話は実用的だからこそ、世間一般に普及した。
正因為手機很實用，才會廣泛普及到全世界。

3 人柄が素晴らしいからこそ、大勢のファンに愛されている。
正因為他人品很好，才會受到大量粉絲愛戴。

4 国籍が違うからこそ、多様な考え方が可能なわけである。
正因為國籍不同，才有可能產生各式各樣的思維。

☐ **～からといって**
雖說…但是

1 祝日だからといって受験勉強をしない理由にはなりません。
就算是假日，也不能當作不準備考試的理由。

2 満員電車が嫌だからといって電車に乗らないわけにはいかない。
就算討厭人滿為患的電車，也不能不搭電車。

3 芸能人に詳しいからといって誰でも知っているわけではない。
雖說很瞭解有關藝人的事，但也不是誰的事都知道。

4 社員が増えたからといってすぐに業務の負担は減らない。
雖說員工人數增加了，但工作負擔也不會馬上減少。

□ ～ことか
多麼…

1 雲の隙間から見える月はなんときれいな**ことか**。
從雲隙間看見的明月，是多麼美麗啊。

2 あなたがそばにいてくれるだけでどれほど頼もしい**ことか**。
只要有你在身邊，我就會感到多麼地安心。

3 辛くて苦しいとき、この歌の歌詞に私は何度救われた**ことか**。
在艱辛痛苦的時候，這首歌的歌詞不知救了我多少次。

□ ～ことだし
因為…（陳述理由）

1 いい天気である**ことだし**、お弁当を持ってピクニックに行こう。
天氣這麼好，我們帶便當去野餐吧。

2 怪我の回復も順調な**ことだし**、今日は訓練に参加しようかな。
受的傷在順利復原中，今天要不要參加訓練呢？

3 肌寒い**ことだし**風邪を引かないように今日は暖房を入れませんか。
天氣很冷，為了避免感冒，今天要不要開暖氣呢？

4 試験も終わった**ことだし**よかったらみんなでカラオケでもどう？
考試也結束了，如果方便的話，大家一起去唱個卡拉OK如何？

□ ～すぎず
不過度…

1 慎重**すぎず**、時には大胆になってみることも大切だ。
不要太慎重，偶爾試著大膽一點也是很重要的。

2 単調**すぎず**適度に刺激のある毎日を過ごしたいと思う。
想要過不會太單調、有適度刺激的日子。

3 大き**すぎず**ちょうどいい大きさの加湿器を探しているところだ。
我正在找不會太大，大小適中的加濕器。

4 油断し**すぎず**緊張感を持って本番のテストに挑もう。
不要太大意，帶著緊張感面對正式考試吧。

☑ 把背不起來的句型勾起來，時時複習！

□ **～せいか**
也許是因為…

1 熱のせいか頭が回らなくて思ったように宿題が進まない。
也許是因為發燒，腦袋無法運轉，作業的進度不如預期。

2 夕食が豪華なせいか普段よりもたくさん食べてしまった。
可能因為晚餐很豪華了，不小心吃得比平常還多。

3 教室が薄暗いせいか、いつもと雰囲気が違って怖い。
不知道是不是因為教室昏暗，與平常的氣氛不同、令人害怕。

4 壁の色を変えたせいか、部屋が明るくなった気がする。
不知是否因為換了牆壁顏色，感覺房間變明亮了。

□ **～だけでなく**
不只…、不僅…

1 このレストランは味だけでなくサービスも一流である。
這間餐廳不僅美味，服務也是一流的。

2 最新のイヤホンは小型なだけでなく高品質なところがポイントだ。
最新的耳機除了小之外，還有高品質也是一大特點。

3 歴史の教科書は厚いだけでなく重くて持ち運びが大変だ。
歷史教科書又厚又重，難以攜帶。

4 見るだけでなく実際に体験してみたほうが理解が深まる。
除了用看的之外，實際體驗看看才能深入理解。

□ **～だけに**
正因為是…

1 成人式の会場が地元であるだけにたくさん知り合いに会えた。
因為成年禮的會場在故鄉，所以能見到很多認識的人。

2 娘が一生懸命なだけに私もできる限りのサポートをするつもりだ。
正因為女兒非常努力，我也打算盡可能地支持她。

3 道が狭いだけに車で通るときは注意して運転しなければいけない。
正因為道路很狹窄，開車經過時必須小心。

4 私が気を使ってあげただけに、責任をもって働いてほしい。
正因為我有照顧你，所以希望你負起責任好好工作。

□ **～だけのことはある**
不愧是…

1 あの人は表現力が豊かだ。さすが小説家な**だけのことはある。**
那個人的表現力很豐富，真不愧是小說家。

2 夫は何の臭いでも当てる。臭いに敏感な**だけのことはある。**
我先生不管什麼味道都聞得出來。真不愧是對氣味敏感的人。

3 ここのおかずはいつも売り切れる。他より安い**だけのことはある。**
這裡的小菜總是會賣完，真不愧是比其他地方便宜的店。

4 彼女の通訳を見ると、留学した**だけのことはある。**
看了她的口譯表現後，覺得她真的沒白留學一趟。

□ **～てしょうがない**
…得不得了

1 手続きに必要な書類が複雑すぎて厄介**でしょうがない。**
辦手續所需的文件實在太複雜了，麻煩得不得了。

2 おばあさんが亡くなったことが悲しく**てしょうがない。**
奶奶過世讓我非常傷心。

3 テレビ番組のクイズの正解が気になっ**てしょうがない。**
我非常好奇電視節目上問題的答案到底是什麼。

□ **～てたまらない**
…得不得了

1 来月行われる大会の予選のことを考えると不安**でたまらない。**
一想到下個月要舉辦的大賽預選，就讓我緊張得不得了。

2 私の手をぎゅっと握る赤ちゃんがかわいく**てたまらない。**
緊抓著我的手的嬰兒，可愛得讓人受不了。

3 人の悪口ばかり言う彼を見ていると、腹が立っ**てたまらない。**
看見總愛說別人壞話的他，我就生氣得不得了。

☑ 把背不起來的句型勾起來，時時複習！

□ **～てならない**
…得不得了

1 息子がちゃんと一人暮らしできるかどうか心配**でならない**。
我非常擔心兒子是否能夠獨自生活。

2 大学のサークル勧誘があまりにもしつこく**てならない**。
大學中的社團的邀請也太過煩人了。

3 うちの犬は注射が苦手で、動物病院に行くのを嫌がっ**てならない**。
我家的狗不喜歡打針，因此極度討厭去動物醫院。

□ **～というから**
因為說…所以…

1 何事も初めが肝心**というから**、さっそく元旦に新年の計画を立てた。
話說凡事開頭都是最重要的，所以我在元旦就立刻訂好了新年計畫。

2 彼女は甘いものが好きだ**というから**、ケーキを作ってプロポーズした。
她說她喜歡吃甜食，所以做了蛋糕來求婚。

3 お弁当だけでは物足りない**というから**おにぎりも持たせた。
因為他說只有便當感覺有點不夠，所以還讓他帶了飯糰。

4 いつかは機会が訪れる**というから**気長に待つことにしました。
有句話說機會總有一天會到來，所以我決定耐心等待。

□ **～というのは**
所謂…／是因為／表示主題

1 パソコン**というのは**パーソナルコンピューターのことである。
所謂的桌電，指的是個人電腦。

2 彼がたいくつだった**というのは**その表情からすぐにわかりました。
我之所以說他很無聊，是因為從他的表情就看得出來了。

3 騒がしい**というのは**まさにあの人のことを指す言葉だ。
所謂的吵鬧，正是適合用來形容那個人的詞彙。

4 自分の過ちを認める**というのは**そう簡単にできることではない。
要承認自己的過錯，並不是那麼簡單的事。

□ ～というものだ

也就是…
（描述對事物本質的評價）

1 何があっても子供を一番に考えるのが親**というものだ**。
所謂的父母，就是不管發生什麼事都以孩子為最優先的人。

2 困っている人がいれば助けるのが人として当たり前**というものだ**。
只要有人感到困擾就給予幫助，這是身為人再正常不過的事。

3 気持ちを正直に話すことは大人でも難しい**というものだ**。
直率地表達情緒，對大人而言也是很難的事。

4 経験したことも時間が経てばやがては忘れる**というものだ**。
過去經歷過的事最終也會隨著時間流逝而忘卻。

□ ～というように

就像…一樣

1 一つ仕上げるのに５時間**というように**時間を定めて仕事をしている。
我在工作時會訂好所需時間，例如完成一個工作要花5小時。

2 友達は何かが心配だ**というように**ため息ばかりついている。
朋友彷彿在擔心什麼一般不斷嘆氣。

3 女の子は嬉しい**というように**にっこりと微笑んでいた。
女孩微笑著，彷彿很欣喜一般。

4 部下は納得いかない**というように**不満そうな表情をしていた。
部下好像無法接受，露出了看似不滿的表情。

30日 | N2必考句型

🔊 092 必考單字句型記憶手冊_30日.mp3

☑ 把背不起來的句型勾起來，時時複習！

☐ **～というより**
與其…還不如

1 彼の人生話を聞いて、共感**というより**憧れを抱いた。
聽了他的人生故事，與其說有同感，不如說讓人嚮往。

2 文字を読むのが面倒だ**というより**興味がないので本は読まない。
與其說讀文字很麻煩，不如說我對閱讀沒興趣，所以我不看書。

3 この味噌汁は塩辛い**というより**むしろ水っぽい。
與其說很鹹，不如說這個味噌湯簡直像水一樣。

4 先週の議会は話し合う**というより**もはや喧嘩に近かった。
上禮拜的議會比起對談恐怕更接近打架。

☐ **～というわけだ**
就是說…（表示結論）／所以…

1 その単語がなぞを解くキーワードだ**というわけだ**。
這個單字就是解開謎題的關鍵字。

2 首相が大阪を訪問中だから警備が厳重だ**というわけだ**。
因為首相正在拜訪大阪，所以警備森嚴。

3 この品質とサービスから見ると安い**というわけだ**。
以它的品質及服務來說很便宜。

4 実家が近いから他支店に転勤を希望していた**というわけだ**。
因為離老家近，所以希望能調職到其他的分店。

☐ **～どころか**
哪裡…（正相反的狀況）

1 私はゲームの操作**どころか**電源のつけ方すら分からない。
別說是遊戲操作了，我連怎麼開電源都不知道。

2 あの日の記憶は曖昧な**どころか**何ひとつ覚えていません。
那天的記憶別說模糊不清，我甚至什麼都不記得。

3 彼は足が遅い**どころか**、学年で一番速いことで有名です。
他根本沒有跑很慢，甚至是以全年級最快著稱的人。

4 彼は手伝う**どころか**、妨害しようとだけしている。
他根本沒有幫忙，只有試著要妨礙我。

☐ **～としたら**
要是…、如果…

1 もしこの気持ちが恋だ**としたら**、どきどきするのも説明がつく。
如果這樣的情感就是愛情，就能夠解釋為何會心跳加速了。

2 この犬が利口だ**としたら**、飼い主が倒れたら助けを呼ぶだろう。
如果這隻狗很聰明的話，主人倒下的時候應該會找人求助吧。

3 その仮説が正しい**としたら**、日本の経済は今後さらに低迷する。
如果這個假說是正確的，日本的經濟未來還會更低迷。

4 一年に20パーセントずつ成長する**としたら**、５年で２倍になる。
如果一年成長百分之二十的話，五年就會成長兩倍。

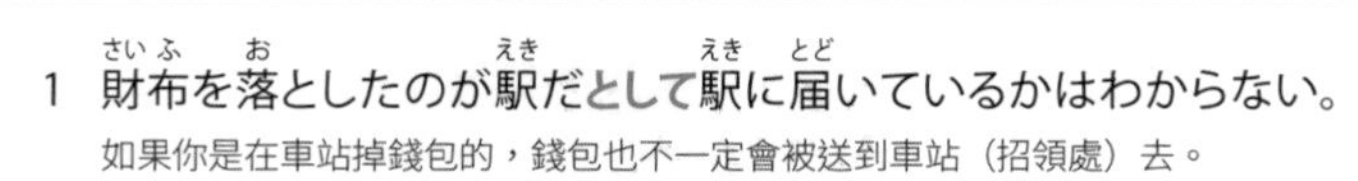

☐ **～とする**
如果…、假如…

1 財布を落としたのが駅だとして駅に届いているかはわからない。
如果你是在車站掉錢包的，錢包也不一定會被送到車站（招領處）去。

2 その記事が本当だとすると人類はもうすぐ月に行けるようになる。
如果這篇報導是真的，人類馬上就能去月球了。

3 目的地までの道のりが遠いとすると、ここで一度休んでおくべきだ。
如果到目的地還有很遠的一段路，那就應該在這裡先休息一下。

4 息子のお小遣いを増やすとすると、家計を見直す必要がある。
如果要提高兒子的零用錢，就需要重新計算家計支出。

☐ **～とは言うものの**
雖然…可是…

1 週末とは言うものの、仕事がたくさんあって休めなかった。
雖說是週末，但因為有很多工作所以沒能休息到。

2 気の毒とは言うものの、誰もその青年に手を差し伸べはしない。
雖然很可憐，不過沒有人對那位青年伸出援手。

3 怖いとは言うものの、同時に興味があるというのも事実だ。
雖然恐怖，不過我確實也同時感到有興趣。

4 予算を増やすとは言うものの、どこから資金を補うかは不明だ。
雖然要增加預算，不過不知道要從哪裡補足資金。

☐ **～とは限らない**
不見得、未必

1 誰も進まない道だとしても、それが間違いだとは限らない。
就算是沒有人走過的路，也不見得就是錯誤的。

2 国民の総所得が高いからといって全国民が豊かだとは限らない。
就算國民的總收入高也不代表全體國民都過得很富足。

3 一人でいることが必ずしも寂しいとは限らない。
一個人也不見得就很寂寞。

4 医者とは言え、すべての病気が分かるとは限らない。
就算是醫師也不見得知道所有的疾病。

☐ **～ながらも**
雖然…、但是…

1 私の宿題ながらも、友人がほとんどの問題を解いてくれた。
雖然這是我的作業，不過朋友幾乎幫我解開了所有題目。

2 不器用ながらも心の優しい兄は私の自慢です。
雖然笨拙但內心善良的哥哥是我的驕傲。

3 苦しいながらも1キロを泳ぎきったことは彼の自信になった。
雖然痛苦，但成功游完一公里讓他產生了自信。

4 あのサッカー選手は怪我しながらも最後まで走った。
那個足球員雖然受傷但還是跑完全程。

N2必考句型

☑ 把背不起來的句型勾起來，時時複習！

□ **～なければいけない/～なければならない**
必須…

1 気持ちを伝えるにはメールじゃなく手紙でなければいけない。
要表達情感的話一定要用手寫信而非電子郵件。

2 教師になりたければ教育に対して熱心じゃなければいけない。
如果想成為老師，就必須對教育抱有熱情。

3 地元で一番の進学校に行くためには賢くなければならない。
必須要很聰明才能進入當地第一的升學學校。

4 どうにかしてみんなで彼女を慰める方法を考えなければならない。
大家不論如何都必須想個安慰她的方法

□ **～なりに**
與…相應的、合適的

1 結果はついてこなかったけど、彼なりに頑張ったと思う。
雖然沒得到應有的結果，但他還是以他的方式努力過了。

2 テニスは下手だが下手なりに人一倍練習を積み重ねてきた。
即使不擅長網球，但正因為不擅長，他累積了比他人多一倍的練習量。

3 所得が低いなりに節約をしながら生活をしている。
因為收入低所以過著節儉的生活。

4 検定試験を受けるなら受けるなりに対策をしないといけない。
如果要考檢定考試，就要做好相應的準備。

□ **～に決まっている**
一定…

1 初めての給料で買うものといえば、両親へのプレゼントに決まっている。
如果說要用第一份薪水買什麼，一定是買要送父母的禮物。

2 昨夜から何も口にしていないのだからぺこぺこに決まっている。
從昨天晚上到現在什麼都沒吃，一定餓扁了。

3 10キロもあるお米を持っているんだから重いに決まっている。
扛著十公斤的米絕對很重。

4 夫は動物が大嫌いで、犬を飼いたいと言ったら反対するに決まっている。
我先生非常討厭動物，所以如果說想養狗他一定會反對。

□ **～に越したことはない**
莫過於…、最好是…

1 絶対ではないが、依頼するのが専門家であるに越したことはない。
雖然並非絕對，不過最好去委託專家。

2 手術後の経過が順調であるのに越したことはない。
手術後的狀況順利是再好不過的。

3 参考資料が足りないのは困るが、多いに越したことはない。
參考資料不足讓人煩惱，最好是越多越好。

4 健康になるためには運動するに越したことはない。
要變健康的話沒有比運動更好的選項了。

□ ～にしては
就…來說

1 アメリカ人にしては日本語の発音がいい。
他的日語發音以美國人來說算很好。

2 でたらめにしてはあまりにも話に真実味があるように思う。
以謊話來說內容好像太真實了。

3 遅くまでコーヒーを飲んでいたにしてはすぐに眠りにつけた。
考慮到那天到很晚還在喝咖啡，我算很快就睡著了。

□ ～にしても
即使…也…

1 彼にしてもこんなに難しいとは思わなかったはずだ。
就算是他應該也沒想到會這麼難。

2 いくらかばんが邪魔にしても、手ぶらで行くわけにはいかない。
就算包包再怎麼礙事，也絕不能空著手去。

3 眠いのは仕方ないにしてもやるべきことは先に終わらせないと。
即使無法控制睡意，也必須先完成該做的事。

4 仮にデータが消えてしまっていたにしても、保存してあるので問題ありません。
即使資料消失了還是有備份，所以沒問題。

□ ～にすぎない
只是…、不過是…

1 19世紀に10億にすぎなかった人口は今や60億を超えた。
在19世紀時僅有不到10億人口，現在已經超過60億了。

2 信号無視による事故でないことのみが明らかであるにすぎない。
只能明確判斷並非無視交通號誌造成的車禍。

3 実力不足というより、ただ相手が私たちより上手かったにすぎない。
比起實力不足，只能說對方比我們更擅長而已。

4 企業の戦略の一環として、一部人員を削減したにすぎない。
不過是作為公司策略的一環，削減部分人員罷了。

□ ～にせよ/～にもせよ
即使…

1 たとえ嘘にせよ、人を傷つけるような発言は控えるべきだ。
即使是假的也應該避免做出會傷人的發言。

2 どれほど心配にせよ、われわれにできることは残されていません。
即使再怎麼擔心，也沒有我們能做的事了。

3 どれほど若々しいにせよ、実際の年齢をあざむくことはできない。
即使看起來再怎麼年輕，也無法謊報實際年齡。

4 手術は終わったにせよ、しばらく安静が必要です。
即使手術結束了，暫時還是需要靜養。

☑ 把背不起來的句型勾起來，時時複習！

□ **～にちがいない**
一定是…

1 あの人は筋肉がすごい。きっと運動選手**にちがいない**。
那個人肌肉很結實。絕對是運動選手沒錯。

2 臭いも受け付けないのをみると、彼女は納豆が苦手**にちがいない**。
看她連味道都無法忍受，絕對討厭吃納豆。

3 あの人はいつも何かを心配しているので、用心深い**にちがいない**。
那個人總是在擔心東擔心西，一定是個小心謹慎的人。

4 上司は朝から顔色が悪かったから、早退する**にちがいない**。
上司從早上開始臉色就不太好，一定會早退。

□ **～にとどまらず**
不僅…、不限於…

1 火事の被害は火元の１階**にとどまらず**、建物全体に及んでいる。
火災受災處不僅止於一樓的起火點，還波及到整棟建築物。

2 情報源が不確かなだけ**にとどまらず**、真実かどうかすらも不明だ。
不只不確定情報來源，連其真實性也不明。

3 後輩はそそっかしいだけ**にとどまらず**、やかましいところもある。
後輩不只很冒失，也有吵雜的一面。

4 問題点を追求する**にとどまらず**、解決へと導く姿勢が必要だ。
除了找出問題點之外，也必須抱有能導出解決問題的方法的心態。

□ **～にもかかわらず**
雖然…但是…

1 多数の反対**にもかかわらず**、法案は通過してしまった。
即使反對者占多數，法案還是通過了。

2 定期券はまだ有効**にもかかわらず**、改札を通れなかった。
雖然定期票還在有效期限內，卻過不了驗票口。

3 締め切り間近で忙しい**にもかかわらず**余裕そうに見える。
雖然截止期限快到了很忙碌，但他看起來還是不慌不忙的樣子。

4 独特な髪色で目立っている**にもかかわらず**一切気に留めない。
雖然他特殊的髮色很顯眼，不過他自己卻一點都不在乎。

□ **～のみならず**
不僅…也…

1 コンサート会場**のみならず**周辺までもファンで覆いつくされた。
不僅是演唱會場館內，連周圍也滿是粉絲。

2 実用的**のみならず**経済的な製品は主婦に好まれる傾向がある。
不只要實用，還要經濟實惠，這樣的商品多半很受主婦喜愛。

3 その大学は入試が難しい**のみならず**学費が高いことで有名だ。
這間大學不僅以入學考試很難而聞名，連學費也是有名的貴。

4 犯人を取り逃がす**のみならず**、証拠資料も紛失してしまった。
不僅沒抓到犯人，連證據資料也弄丟了。

□ **～ばかりに**
就因為…

1 想像以上に快適な入院生活であるばかりに退院する気がなくなった。
住院生活比想像中還要舒適，讓人都不想出院了。

2 便利なばかりに現代人はスマートフォンに依存しがちである。
因為手機很方便，現代人容易過度依賴手機。

3 彼は言葉が足りないばかりに人に誤解されやすい。
他話說得不夠完整，因此容易遭人誤解。

4 彼を信じてしまったばかりに裏切られて悲しい思いをした。
因為相信了他，所以被背叛時心中很難過。

□ **～はずだ**
應該…

1 あんなにしっかりした性格だから、彼はきっと長男のはずだ。
他的性格那麼可靠，在家裡應該是長子。

2 ご褒美があるとすればもっと一生懸命なはずだ。
如果能得到獎勵的話，應該能更加賣力。

3 もし排水溝に生ごみが溜まっていたらたぶん生臭いはずだ。
如果排水溝裡積有廚餘，應該會有腥臭味。

4 彼は意地でもその株式を売ろうとはしないはずだ。
為了賭一口氣，他應該不會賣掉那個股票。

□ **～はずがない/～はずもない**
不可能…

1 昼間から遊んでいるところからして彼が会社員のはずがない。
看他從大白天就在玩樂，不可能會是上班族。

2 いつも部屋が汚いのをみると親友は片づけが得意なはずがない。
朋友的房間總是很髒亂，看起來他一定不擅長整理。

3 焼いてから１日経ってしまったおもちが柔らかいはずもない。
烤好之後放了一天的年糕，不可能還很柔軟。

4 まじめな山田さんにそんなことができるはずもない。
個性認真的山田不可能會做那種事。

□ **～ままで**
就那樣…、保持原樣

1 大人になんかならずに、いつまでも子供のままでいたいと願う。
希望不要成為大人，一直當個小孩。

2 公衆トイレを常に清潔なままで保つのは容易ではありません。
要維持公共廁所的整潔不是一件容易的事。

3 あの子は昔から可愛いままで何ひとつ変わっていない。
她從以前就很可愛，一點也沒變。

4 クーラーをつけたままで出かけて、お母さんに怒られた。
我把冷氣開著就出門，被媽媽罵了。

☑ 把背不起來的句型勾起來，時時複習！

□ **～もかまわず** 不顧…	1 お母さんは人目**もかまわず**、スーパーで子供をしかっている。 母親不顧旁人眼光在超市斥責小孩。 2 若者は親が反対なの**もかまわず**アメリカへの留学を決めた。 年輕人不顧父母的反對決定去美國留學。 3 周りがうるさいの**もかまわず**必死に試験範囲を復習していた。 即使周遭很吵雜，還是拼命複習考試範圍。 4 服に汚れがつくの**もかまわず**、一生懸命に掃除を手伝っている。 不顧衣服都沾上了髒汙，盡力幫忙打掃。
□ **～ものだ** 就是…、本來就是…	1 人の記憶というものは時間とともに変化するので不確かな**ものだ**。 人的記憶本來就會隨著時間產生變化，因此不可靠。 2 失敗したとしても前向きに頑張る人の姿はかっこいい**ものだ**。 就算失敗也積極努力的人，看起來就是非常帥氣。 3 人は成長にともなって徐々に性格が変わる**ものだ**。 人的性格本來就會隨著成長而逐漸改變。
□ **～ものがある** 有…之處、有…的一面	1 あれほど努力していたのに不合格なのはかわいそうな**ものがある**。 明明那麼努力了卻還是沒通過，確實有其可憐之處。 2 この寒い中、一時間も外で待たされるのは辛い**ものがある**。 這麼寒冷的天氣被迫在外面等了一個小時，確實有其辛苦的一面。 3 このドラマは面白いわけではないが、何か人を引き付ける**ものがある**。 這個電視劇雖然也不算有趣，不過確實有什麼吸引人的地方。
□ **～ものだから** 就是因為…	1 ギターは初心者な**ものだから**、ゆっくり教えていただきたいです。 因為我剛開始學吉他，所以希望你慢慢教。 2 このネックレスがあまりに素敵な**ものだから**、思わず買ってしまった。 因為那條項鍊實在太美了，所以我想都沒想就買了。 3 彼の作るご飯は本当においしい**ものだから**、毎回食べ過ぎる。 因為他做的飯真的很好吃，所以我每次都吃太多。 4 今度の事故は不注意で起こった**ものだから**、責任が重大だ。 這次的意外是因為不小心造成的，因此責任很重大。

☐ **～わけがない**
不可能…

1 昨日まで元気だったのに食中毒な**わけがない**よ。
到昨天都還好好的，不可能是食物中毒吧。

2 皆に優しくて親切な彼がまさか意地悪な**わけがない**。
對所有人都溫柔親切的他絕不可能心地很壞。

3 あの川はにごってなくても底がよく見えないので浅い**わけがない**。
那條河即使不混濁也看不清河床，不可能很淺。

4 こんなに景気がいいのに、赤字になる**わけがない**。
景氣這麼好，不可能會有赤字。

☐ **～わけだ**
因此…、怪不得…

1 父は10年間運動を欠かしていない。それだから健康な**わけだ**。
爸爸這10年來都有在運動，所以才很健康。

2 彼女はアナウンサーらしい。なるほど。それで発音が綺麗な**わけだ**。
她好像是主播。原來如此，怪不得發音這麼漂亮。

3 今日はお祭りがあるらしく、どうりで人が多い**わけだ**と思った。
今天好像有祭典，難怪有這麼多人。

4 彼はああやって毎日朝から晩まで練習していたから優勝した**わけだ**。
他就是因為那樣每天從早練習到晚，所以才會拿下優勝。

☐ **～わりに**
比較、格外…

1 今日は日曜日の**わりに**市場に人が少なくて快適に買い物できた。
以星期天來說今天市場人很少，可以舒適地買東西。

2 この仕事は簡単な**わりに**お給料がいいのでとても人気だ。
這個工作雖然很簡單薪水卻不錯，所以非常搶手。

3 平日は忙しい**わりに**売り上げが伸びないでいるので悩んでいる。
平日雖然很忙收益卻沒有增加，所以煩惱。

4 幼いころから習っていた**わりに**、上手ではない。
雖然從小就有學，卻不太擅長。